KB072101

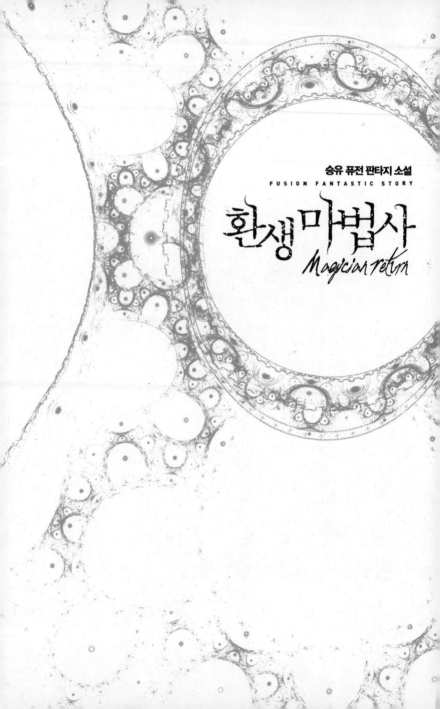

승유 퓨전 판타지 소설

FUSION FANTASTIC STORY

환생마법사

Magician return

환생 마법사 3

승유 퓨전 판타지 소설

초판 1쇄 찍은 날 § 2015년 03월 24일
초판 1쇄 펴낸 날 § 2015년 03월 31일

지은이 § 승유
펴낸이 § 서경석

편집부장 § 권태완
편집책임 § 한준만

펴낸곳 § 도서출판 청어람
등록번호 § 제387-1999-000006호
등록일자 § 1999. 5. 31
어람번호 § 제1-2086호

주소 § 경기도 부천시 원미구 부일로 483번길 40 서경B/D 3F (우) 420-822
전화 § 032-656-4452 팩스 § 032-656-4453
http://www.chungeoram.com
E-mail § chungeorambook@daum.net

ISBN 979-11-04-90174-4 04810
ISBN 979-11-04-90104-1 (세트)

승유 퓨전 판타지 소설
FUSION FANTASTIC STORY

환생마법사

Magician return

3

청
람

CONTENTS

제1장   메디우스의 제자   7

제2장   마도국 자르가드   33

제3장   뜻하지 않은 재회   59

제4장   잠입   85

제5장   추적   109

제6장   귀환   133

제7장   귀족의 삶   159

제8장   블랙 오크   185

제9장   로이니아   211

제10장 죽음의 땅   239

제11장 조우   265

1장

메디우스의 제자

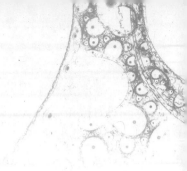

"좀 걸을까?"

"예, 좋지요. 날이 많이 좋아졌습니다."

반가운 포옹으로 메디우스와의 오랜만의 인사를 나눈 나는 그를 용병단 밖으로 안내했다.

그는 이렇게 사방이 꽉 막힌 공간에서 대화를 나누길 좋아하지 않는다. 사람이 많은 것도 즐기지 않는 편이다.

그래서 항상 여관에서 머물 때면 여관을 통째로 빌렸고, 생각이나 연구가 필요할 때도 연구실 안이 아닌 탁 트인 밖에서 산책을 하며 생각에 잠기곤 했었다.

때문에 나와 메디우스는 응접실이 아닌 테노스 용병단 근처를 따라 구불구불하게 나 있는 산책로를 따라 걸으며 이야기를 나눴다.

공식 휴식기인 탓인지 다른 용병단 건물도 몇 개의 방에만 불이 약하게 켜 있는 것을 제외하곤 조용했다. 이틀 뒤가 되면 다시 시끌벅적한 용병단의 거리가 될 것이다. 그동안 밀린 의뢰가 쏟아질 테니까.

"후후, 처음 만났을 때 말이야. 그때도 레논, 자네는 예사롭지 않았지. 내 오랜 숙원을 해결해 준 은인이었으니까. 그때 미리 예상을 했어야 하는데. 곧 크게 될 재목이라고."

"좀 더 말을 편하게 하셔도 됩니다. 편하게 대해주십시오."

"후후, 자네라는 말이 부담이 되는 모양이지? 그냥 이름을 불러주길 원하나?"

"그게 더 편할 것 같습니다. 아시다시피……."

"귀족과 평민의 차이, 신분의 차이 같은 걸 이야기하려는 것 같은데 난 그런 건 크게 신경 쓰지 않아. 애초에 나 역시 평민 출신의 마법사가 아닌가 말이야."

메디우스가 고개를 저었다. 그리고는 자연스럽게 내 어깨에 손을 올리며 뒷머리를 쓰다듬어 주었다. 마치 멋지게 잘 자란 손자를 쓰다듬어 주는 할아버지의 눈빛과 느낌이

랄까. 그의 시선이 딱 그러했다.

"다시 인사드릴 수 있게 돼서 행복할 따름입니다."

"후후, 나야말로 언제 이 스크롤이 찢어질까 하고 기대하고 있었지. 이미 너에 대한 소식은 계속해서 듣고 있었다. 처음에는 믿지 않았었어. 용병단에서 활약할 정도의 마법사가 되려면 보통 실력으로는 쉽지 않으니까. 용병단에 들어간 대다수의 마법사가 생활 용병이 되지. 마법은 그만큼 다루기 까다로운 것이니까. 하지만 넌 달랐다."

"운이 좋았습니다."

"후후, 운이 좋다는 말로 불과 몇 개월 사이에 4클래스의 마법사가 되고 그런 위업을 이룩할 수는 없어. 그리고 실력이 없는 사람에게는 행운의 여신도 미소를 지어주지 않는 법이야. 후후후."

메디우스는 흐뭇한 표정으로 나를 바라보고 있었다. 그의 따뜻한 시선은 보고만 있어도 그 사람으로 하여금 기분을 좋아지게 만든다. 단지 오랜 시간을 살아온 노인에게서 느껴지는 연륜뿐만이 아니라, 그만의 아우라 같은 것이 있는 것이다.

"내가 레논 너에 대해서 굳이 어떤 소식을 들으려 하지 않았는데도 내 귀에 네 이야기가 들려올 정도라면… 분명 유쾌한 관심만 받고 있는 것은 아닐 게야. 나 역시 그랬었으니까."

메디우스가 먼저 운을 뗐다. 그는 내가 지금 어떤 상황에
처해 있는지 짐작하고 있는 것 같았다. 왜 자신을 찾았는지
도.

다른 사람은 몰라도 메디우스에게는 진심을 숨길 필요가
없다. 나는 그의 은인이고 동시에 그는 내게 가장 큰 도움
을 줄 수 있는 조력자였다.

"사실 이번에 이렇게 연락을 드린 것도 그 부분에서 도움
을 받고 싶어서입니다. 지금의 저로서는 이것 말고는 더 좋
은 다른 방법이 생각나지 않았습니다."

"이야기를 좀 더 깊게 들어볼까? 좀 더 안으로 걷지."

메디우스가 좀 더 어둡고 조용한 곳으로 접어드는 산책
로를 가리켰다. 나는 자연스럽게 방향을 바꿔 잡았고, 나와
메디우스는 그렇게 길가를 빠져나와 인적이 없는 곳으로
들어가고 있었다.

나는 메디우스에게 그간 있었던 일들에 대해 이야기했
다. 특히 케플린 공작이 찾아왔던 일에 대해서는 처음부터
끝까지 하나도 남기지 않고 자세히 알려주었다. 이번에 그
를 부른 이유의 핵심이기 때문이다.

메디우스는 얘기를 듣는 내내 고개를 끄덕이며 내가 현
재 가지고 있는 고민에 대해 동감하는 모습이었다. 동시에

그의 이야기도 들려주었다.

그가 젊었을 적, 마법사로서 두각을 나타내기 시작했던 그 무렵에 비슷한 일들로 곤욕을 치렀던 것들에 대한 이야기를.

나는 이미 알고 있는 이야기들이지만, 메디우스가 자신의 과거를 하나하나 들려주는 부분에서 나를 그만큼 아끼고 신뢰한다는 것을 느꼈다.

케플린 공작이 내게 관심을 가졌듯, 메디우스도 마법사인 만큼 자신보다 더 빠른 속도로 성장하고 있는 내게 관심을 가지는 것은 당연했다.

"케플린은 그리 좋은 인물이 못 돼. 철저하게 사리사욕을 추구하는 인물이고, 스페디스 제국의 마법계에 판치고 있는 줄서기의 원흉이지. 그가 던져 준 줄을 붙잡는다면 어느 정도는 올라갈 수 있겠지만 네가 필요가 없어지면 그 줄은 언제든 잘려 나갈 거다."

"알고 있습니다. 그래서 더 엮이고 싶지 않고요."

"그래서 네가 생각한 해결책은 무엇이라고 보느냐?"

메디우스는 나와의 대화에서 어느 정도 알아차린 듯했지만 직접 내색하지는 않았다. 내 입으로 직접 이야기를 꺼내게 하고 싶을 것이다. 어쨌든 내가 도움을 필요로 해 메디우스를 불렀고, 그렇다면 내가 도움을 요청하는 게 맞았다.

"메디우스 님께서 제 스승님이 되어주시면 됩니다. 저는 제자가 되고요. 케플린 공작이라고 하더라도 메디우스 님의 제자를 억지, 혹은 강제로 데려갈 수는 없을 테니까요."

"후후, 스승과 제자라. 듣던 중 반갑고도 가슴 떨리는 일이군. 제자… 후후, 그 단어를 잠시 잊고 있었어. 잠시, 아니 오랜 시간 동안……."

메디우스가 말끝을 흐렸다. 잠시 추억 속에 잠긴 모습이었다. 메디우스에게는 이미 애정을 가지고 키우던 제자가 있었다. 지금으로부터 20년 전, 그러니까 이 몸의 주인인 레논이 태어나지도 않았을 때다.

지금은 대부분의 사람들이 그에 대한 기억을 잊어버렸기 때문에 잘 모르지만, 유달리 다른 마법사들에 비해 제국에 대한 충성심이 투철했던 그 제자는 마도국 자르가드와 있었던 전투에서 흑마법사들에게 포로로 잡혔고 끝내 처형당했다.

메디우스가 손을 쓸 새조차 없이 포로로 잡힌 그날 처형당했던 것이다.

그의 유랑 생활이 시작된 것도 그 무렵이었다. 그 제자를 잃는 슬픔을 반복하고 싶지 않아 홀로 지내기로 한 것이다.

이번에 스페디스 제국을 첫 단추로 시작하게 된 강연도 소수의 마법사가 아닌 다수의 마법사들을 상대로 하는 것으로 분명 많은 제자들을 양성하는 것이긴 했지만, 마음과 마음으로 교감하는 제자를 사귀는 과정은 아니었다.

그는 여전히 혼자였고 또 혼자이길 원했다.

"레논, 이것 하나만 묻지. 진실하게 답해줘야 해."

"물론입니다."

"정말로 내 제자가 되길 원하나? 아니면 그저 제자라는 이름의 타이틀을 얻길 원하나? 전자이든 후자이든 나는 들어줄 생각이야. 약속한 것이 있으니. 단, 어떤 마음인지는 확실하게 알고 싶군. 내게는 솔직해야 한다, 레논."

메디우스의 눈빛이 살짝 고인 눈물에 흔들렸다. 그는 정이 많은 사람이었다. 허망하게 잃어버린 자신의 제자를 생각하면 눈물이 나는 것은 당연했다.

기의 아들과 깊이 애지중지하며 기었던 제지니끼.

"진심으로 제자가 되길 원합니다. 지금의 저를 더 다듬고 반짝이게 해주실 스승님을 모시기를 원합니다."

나는 진심이 담긴 말로 메디우스에게 답했다. 듣기 좋으라고 하는 말이 아니었다.

"정말이냐?"

"예. 진심입니다."

"후후후, 그 말을 듣고 바로 믿는다고 하면 날 바보 같다고 생각할지도 모르겠지만 말이다. 나는 의외로 사람을 잘 믿는 사람이야, 레논."

메디우스가 경고인지 아니면 속내를 털어놓는 것인지 알수 없는 대화를 이었다. 나는 알고 있다. 메디우스가 얼마나 좋은 사람인지를.

지금은 필요에 의해 메디우스를 이용하는 모양새가 됐지만, 그렇다고 해서 메디우스를 '이용만' 하려는 생각은 절대 아니었다.

그는 내게 많은 도움과 힘이 되어줄 수 있는 사람이다. 지금도 그렇고, 앞으로도 마찬가지로.

"좋다. 그러면 이야기를 한 번 맞춰보자꾸나. 나 역시도 내가 앞으로 아끼게 될 제자에게 똥파리 따위가 꼬이는 건 원치 않으니."

메디우스는 케플린을 똥파리에 비유했다. 정확한 비유다. 케플린은 항상 더러운 일, 더러운 관계에 늘 엮여 있는 인물이었으니까.

"감사합니다, 스승님."

나는 바로 메디우스에게의 호칭을 정리했다.

낯 뜨거운 사제지간의 의식이나 맹세 절차는 의미 없다는 것을 나나 메디우스 모두 알고 있다. 지금 이 순간부터 그는 나의 스승이고 나는 그의 제자였다.

나는 그렇게 메디우스가 내게 약속한 처음이자 마지막

소원을 사제지간을 맺는 것으로 대신했다. 이제부터 시작이었다.

대마법사와의 인연, 그리고 스승과 제자. 이 사실은 머지않아 많은 사람들의 귀에 들어가게 될 것이다. 바로 내일, 나와 메디우스에게서 직접 이야기를 듣게 될 케플린을 통해서다. 그는 그 어떤 누구보다도 입이 가벼운 사람이니까.

*   *   *

"앞으로의 계획이 듣고 싶구나."

케플린과 나눌 대화에 대해 사전 논의를 끝낸 메디우스는 자연스럽게 주제를 다른 곳으로 돌렸다. 그는 내가 마냥 용병단 생활만 할 것이라고는 생각하지 않는 것 같았다.

정확한 예상이다.

물론 아직까지는 시간이 좀 더 필요하다. 지금 용병단 내, 그리고 앞으로 용병단 외로 구축할 인맥들은 훗날 내게 전부 필요한 인맥들이다.

용병단은 정해진 매뉴얼에 맞게 정식 훈련을 하는 정규군과는 달리, 들어오는 의뢰의 스펙트럼이 넓기 때문에 경험이 풍부했다.

이들의 경험은 자산이다.

그리 머지않은 시간에 블랙 오크들과의 전투가 있을 것이다.

지금은 그 여느 때보다도 평화로운 대륙이지만 이제 전화에 휩싸일 날이 얼마 남지 않았다. 그 첫 번째 시작이 블랙 오크들과의 전쟁이었다.

"용병단 생활을 하면서 좀 더 실력과 명성을 쌓고 인맥을 넓히면서 그 다음을 준비할 생각입니다."

"그 다음을 준비한다?"

"스승님께서는 믿지 않으실지도 모르겠지만… 저는 머지않은 시간에 블랙 오크들과의 전쟁이 있을 것이라고 생각합니다. 불과 5년 전까지만 해도 인간들의 세계에 얼씬도 않던 오크들이 산맥을 넘어오기 시작한 것을 보면 분명 변화가 있다는 증거일 테니까요."

"블랙 오크. 인간들에게 쫓겨 원래의 살던 터전을 잃은 종족이지. 그 오랜 적대감은 씻기지 않는 감정 중 하나이기도 하고."

"최근 용병단에 들어온 의뢰 중에는 블랙 오크들로 인해 초토화된 마을에 갔던 일도 있습니다. 뿐만 아니라 지꾸 산맥을 넘어오는 오크들이 계속해서 감지되고 있죠. 좋은 조짐은 아닙니다. 먹고 사는데 문제가 없었다면 굳이 험준한 산맥을 넘어 인간들의 세계에 시선을 돌릴 이유가 없었을 테니까요."

"이를 대비한 준비를 한다… 용병단원으로서 준비하는 건 의미가 없을 텐데."

메디우스의 말에 나는 고개를 끄덕였다.

"맞습니다. 그래서……."

"그래서?"

"그때는 스페디스 제국에 없어서는 안 될, 더 실력 있는 마법사가 되어 있을 생각입니다. 그때가 되면 용병단 생활은 더 이상 하지 않게 될 것 같습니다. 그럴 새가 없을 테니까요."

용병단 생활은 내 계획 중 극히 일부에 불과하다. 평생을 용병단에서 의뢰 수행만 할 생각으로 테노스 용병단에 온 것은 아니다.

결국 종착점은 드래곤이다.

그러기 위해서는 용병단도 큰 그림에서는 작은 점에 불과할 뿐이다. 최후에 이르렀을 때, 나는 세상의 중심, 그 정점에 있어야 했다.

그 무대가 되어줄 곳이 바로 이 땅, 스페디스 제국이었다. 즉, 언젠가는 수많은 비리와 음모로 얼룩진 제도권의 세계에 발을 들여놓아야 하는 것이다.

나는 그 시기를 조율하고 있는 것이고… 지금은 때가 아니다. 아직까진 내가 세상의 중심에 설 수 있는 실력과 힘을 가지지 못했으니까. 그뿐이다.

*　　　*　　　*

다음 날.

예정했던 대로 케플린이 용병단을 찾아왔다. 케플린이 찾아오기 전에 주변의 용병단을 돌아다니며 소식을 알아본 결과, 예상했던 대로 케플린은 많은 수의 마법사들을 수도로 올려 보낸 모양이었다.

"메디우스 님이 여기는 왜……?"

응접실에서 나를 만난 케플린은 나와 함께 옆에 동석해 있는 메디우스를 보고는 놀란 표정을 지었다. 그럴 수밖에 없었다. 메디우스와 나 사이에 어떤 연관 관계가 있을 것이라는 예상을 하지 못했을 것이기 때문이다.

"후후, 내 제자를 보러 올 사람이 있다고 하길래 누군가 해서. 그래서 찾아와 봤네."

"예? 제자요?"

"제자. 제자라는 말이 무슨 뜻인지 모르지는 않을 테고."

"제가 케플린 부학장님께서 오해하시는 일이 없도록 직접 스승님을 모셨습니다. 제가 거짓말을 한다 여기실 수도 있을 듯해서 말입니다."

"아… 레논의 스승이 메디우스 님이었군요. 이해가 갑니다. 이 아이의 놀라운 재능이… 말이죠."

"후후, 다 녀석의 타고난 재주 덕분이지. 아무튼 괜한 오해를 사지 않도록 직접 찾아왔네. 그 점을 양해해 주길 바라네."

"아, 알겠습니다."

케플린은 적잖이 당황한 눈치였다. 날아가는 새도 떨어뜨린다는 케플린의 명성이라고 해도 대마법사의 제자를 함부로 건드려 자신의 아래로 둘 수 있는 간 큰 마법사는 없다. 하물며 메디우스는 스페디스 제국에서 칭송받고 존경받고 추앙받는 마법사였다.

케플린은 용병단을 나서며 몇 번이고 나와 메디우스를 번갈아 바라보았다. 매우 아쉬워하는 눈치였다.

하지만 사람 좋은 모습을 하고 환하게 웃고 있는 메디우스와 눈이 마주치자 이내 고개를 푹 숙인 채 인사를 건네고는 용병단을 서둘러 나섰다.

껄끄러운 문제가 해결된 것이다.

"이제 무엇을 하려고 하느냐?"

케플린이 떠나고 용병단에는 다시 나와 메디우스 둘만이

남았다. 메디우스는 나의 행보를 궁금해했다. 스승으로서, 그리고 같은 마법사로서 갖는 호기심이었다.

지금 나에게는 굵직한 목표가 크게 두 가지 있다.

첫째는 귀족이 되는 것이다.

제국에서의 대부분의 일은 귀족이 되지 않으면 아무것도 이룰 수가 없다. 귀족이 되는 정상적이고도 빠른 방법은 지금보다 더 많은 전공을 꾸준히 세우는 것뿐이다.

다행히도 테노스는 의욕적으로 용병단을 운영해 나가는 사람이고, 나를 비롯해 크리스티나와 같은 평민 출신의 용병들이 귀족이 될 수 있도록 지름길을 열어주는 법을 잘 알고 있었다.

쉽게 말하자면 '귀족 속성 과정'이다. 물론 이렇게 말을 풀어놓으면 개나 소나 귀족이 될 수 있는 것 같아 보이겠지만 그렇지는 않다.

용병단에 들어오는 수많은 궂은 의뢰들을 수행하고 나서야 비로소 귀족이 될 심사를 받을 만한 전공이 쌓이는 것이니까.

그 점은 자신 있었다. 전적으로 시간 문제였다.

그렇게 여건이 갖춰지면 심사가 들어가는데, 그 과정에서 나를 포함한 가족들의 자질을 보게 된다. 이 부분도 문제없다. 나와 레니, 그리고 어머니는 범죄를 저지르거나 스페디스 제국에 해가 될 만한 일을 한 적이 없다.

둘째는 아이거의 조각을 모으는 일이다. 이것은 원래의 내 계획에서는 없었던 일이었다. 아이거의 조각에 대해서 알지 못했기 때문이다.

만약 조각에 대해서 알지 못했다면 두 번째 목표에는 다른 내용이 들어가 있었을 것이다.

하지만 지금은 아이거의 조각을 모으는 일이 더 중요해졌다. 나를 좀 더 빠르게, 좀 더 강하게 해줄 수 있는 매개체였기 때문이다.

아이거의 다크 링부터 시작해서 그가 가졌던 힘을 온전히 소화할 수 있는 사람은 나밖에 없다. 그리고 그의 힘은 깊이를 예단할 수 있을 정도로 단순하지 않다.

나는 첫 번째 대상으로 마도국 자르가드의 페르페논 제단에 있을 보석을 노리기로 했다.

초행자가 자르가드에 들어간다면 당장에 관문을 넘기도 힘들뿐더러, 넘은 이후에도 유독 복잡한 자르가드의 도로 구조로 인해 고전을 하겠지만 내게는 이를 원만하게 해결시켜 줄 기억이 있다.

지금이면 자르가드의 도로 정비 사업이 막바지라 한창 어수선하겠지만, 빠르게 수도의 페르페논 제단으로 갈 수 있는 방법은 알고 있었다. 정비가 진행 중인 도로는 이용할 수 없으니 몇 번의 우회를 할 필요는 있을 터다.

"우선은 귀족 심사를 받을 자격이 될 때까지 정말 눈코 뜰 새 없이 의뢰를 수행할 생각입니다. 공백이 생긴다면 개인 차원에서 수행할 수 있는 의뢰까지도 수행하려고 합니다."

"후후, 의욕적이구나."

"귀족은 그만큼 많은 의미를 가지니까요."

"꼭 필요한 포장이기도 하지. 귀족이라는 이름 하나만으로 사람 취급을 하느냐 마느냐를 결정하기도 하니까."

메디우스는 나의 말에 고개를 끄덕였다. 나의 이런 생각들은 다른 그 누구보다도 메디우스가 잘 안다. 그가 지금 평민 출신의 귀족 마법사가 아닌, 평민 마법사였다면 설령 대마법사였다고 할지라도 그를 대우하는 주변의 시선이 달랐을 것이다. 같은 실력이어도 말이다.

그래서 수많은 사람이 귀족의 신분을 위조하고 돈을 주고 사려고 하고, 나처럼 어떻게든 조건을 갖추려고 했다.

스페디스 제국의 귀족 중심의 정책, 그 시작은 귀족과 평민의 완벽한 차별이었다.

그날 저녁.

메디우스는 다시 수도로 향했다. 저녁이 되기까지 나는 메디우스와 마법에 대한 수많은 대화를 나누었다.

나는 마법 수식이나 계산 과정에 대한 질문은 거의 하지 않았다. 적어도 이 부분에서는 그보다는 내가 가진 이해의 깊이가 더 깊었기 때문이다. 물론 나만 아는 사실이다.

나는 메디우스에게 현재 수도, 그러니까 황실과 정계의 돌아가는 소식들을 주로 물었다. 처음에 내가 관련된 질문을 던졌을 때, 메디우스는 의아해하는 모습을 보였다. 마법적인 지식에 대한 질문이 아닌, 지극히 현실적인 문제들에 대한 질문을 했기 때문이다.

하지만 전날 말했던 것처럼 메디우스는 블랙 오크들에 대해 나와 같은 생각을 하고 있었고, 이에 대한 대비가 필요하다는 점에 동의하고 있었다.

그래서 황실이나 정계에서 곧 찾아올지도 모르는 전쟁에 대한 대비가 충분한지 확인하려는 내 질문을 무작정 이상하게 받아들이지는 않았다.

굵직한 사건은 기억하고 있지만 어떤 특정 시점에서 황실이 어떠했는지, 정치계의 관료들이 어떠했는지까지는 일일이 모두 기억하지는 못한다. 그 간극을 메디우스를 통해 좁히려 했던 것이다.

메디우스를 통해 들은 이야기를 종합한다면, 예상의 범주를 크게 벗어나지는 않았다.

우선 무능한 황제 테미르 7세는 여전히 달라진 것 없이 무능하다.

정사에는 거의 관여하지 않고 있고 굵직한 보고들은 대부분 아랫선에서 차단이 된다. 여기서 말하는 아랫선은 황제의 장인이자 실력가인 케플린 공작을 일컫는 말이다.

정계는 케플린 공작과 그의 일파들이 칠 할 이상을 장악하고 있었다.

문제는 이들이 최근 대두되기 시작한 '블랙 오크 위기설'을 허무맹랑한 유언비어 정도로 치부하고 오히려 혼란을 야기시키기 위한 특정 세력의 모략으로 몰아가고 있다는 점이다.

좋은 그림은 아니다. 하지만 그렇다고 해서 지금 내가 당장 이런 흐름들을 단번에 바꿀 수는 없다. 그럴만한 파급력이 아직 내게는 없다.

지금은 이러한 정계의 흐름을 파악한 것만으로도 충분했다. 정계 전면에 나서게 될 계기는 충분히 있다.

아직 벌어지지 않은 일이지만, 곧 벌어질 일에 대한 기억들이 내게는 있으니까. 필요할 때 맞춰 움직이면 될 것이다.

"자, 받거라."

"스크롤은 한 번 찢은 것으로 끝난 것이 아닙니까?"

"후후, 이제는 스승과 제자이지 않느냐. 바쁜 제자가 찾아오는 것보다는 놀고먹는 스승이 찾아오는 게 빠르겠지. 부담 가지지 말고 필요할 때면 찢거라. 통신석보다는 싸게 먹히지 않겠느냐?"

"하긴, 그렇습니다. 이 스크롤에는 스승님의 애정만 듬뿍 담기면 되니까요."

"껄껄껄, 바로 그것이지. 통신석은 돈이지만 이 스크롤은 사랑이야. 널 아끼는 나의 마음이다."

"감사합니다, 스승님."

나는 정중하게 메디우스에게 고개를 숙였다. 이제 언덕 너머로 그를 보내야 할 시간이었다.

다른 사람은 몰라도 메디우스 앞에 있을 때면, 그 순간만큼은 마음이 편안하고 즐겁다. 어떤 대화를 하더라도.

"언제든 필요하면 부르거라. 지금의 네게는 틀에 박힌 이론이나 가르침은 필요하지 않아 보이는구나. 실력을 쌓거라. 지금은 그게 네게 해줄 수 있는 조언의 전부니라."

"저도 명심하고 있습니다."

메디우스의 말이 정답이다. 아직 내게는 깨달음의 벽도 찾아오지 않았고 그렇다고 해서 가장 기본적인 수식이나 마법에 대한 이해가 부족해 고생하고 있는 상황도 아니었다.

"연락하거라."

"예, 스승님. 살펴 가십시오."

메디우스에게 인사를 올린 나는 언덕 너머로 그의 모습이 사라질 때까지 뒷모습에서 시선을 떼지 않았다. 언덕길을 따라 오르는 내내 메디우스는 계속 뒤를 돌아보며 내게 손을 흔들었다.

그리고 얼마 뒤. 메디우스의 모습이 완벽하게 사라진 다음, 나는 용병단으로 발걸음을 돌렸다.

*　　　*　　　*

"레논, 무슨 생각해?"

"앞으로 할 일들."

늦은 밤.

작업실 안에서 골몰히 생각에 잠겨 있는 내게 크리스티나가 물었다.

일찌감치 잠옷으로 갈아입은 크리스티나는 눈을 비비며 잠을 청하려는 모습이었다.

"먼저 잘게. 아, 이제 쉬는 날도 끝이네. 내일 부티지?"

"응."

"내일 보자구, 마이 룸메이트!"

"푹 쉬어."

생각에 빠진 나는 크리스티나에게 시선을 돌릴 새도 없이 인사만 건네고는 다시 생각에 집중했다.

지금까지 용병단에서 보낸 시간들은 음식으로 따지면 에피타이저에 불과했다. 덕분에 유명세도 확실히 탔고 의도하든 의도하지 않았든 메디우스의 제자도 되었다. 많은 일들이 예상보다 빠른 시기에 벌어졌다.

이 말은 내가 기억하고 있는 많은 일들이 좀 더 앞당겨져서 벌어질 수 있다는 뜻이다. 다시 말해 내가 알고 있는 기억의 호흡도 빠르게 가져가야 한다는 이야기다.

나는 크게 세 개의 굵직한 틀을 잡았다.

첫째, 귀족 심사를 받기 전까지는 용병단에서 의뢰를 수행하는 데 전력을 다한다. 잘난 말처럼 들릴지는 몰라도 지금 수준으로 들어오는 용병단의 의뢰들 중에서 내가 수행하지 못할 것은 없었다.

둘째, 귀족 심사가 시작되는 대로 아이거의 조각을 모으기 위한 여정을 떠난다. 용병단에는 따로 휴식계를 내거나 혹은 잠시 동안의 개별 활동을 보장받기로 한다. 무단이탈은 안 되기 때문이다.

셋째, 블랙 오크들의 움직임을 주시하는 한편, 금년 내에 반드시 스페디스 제국 내에서 벌어질 갖은 천재지변(天災地變)에 대한 대비를 한다. '대홍수'라 불리는 일이 벌어지게 되기 때문이다.

이 원흉이 바로 블랙 오크인데, 블랙 오크들은 자신들의 터전을 거쳐 스페디스 제국으로 모여들게 되는 다수의 지류(支流)들을 제국 전체에 태풍이 휘몰아치던 시기에 맞춰 막게 된다. 의도적으로 물난리를 일으키게 하기 위해서다.

오크들도 결국은 지성체이고 얼마든지 이런 일들을 할 수 있는 존재이지만… 스페디스 제국에서는 이 점을 간과하고 태풍에 대한 대비를 제대로 하지 않았다가 큰 물난리를 겪게 된다.

수만 명의 사람이 죽고 수십만 명의 사람들이 이재민이 되는 거대한 재앙이다.

이것을 막기 위해서 가장 좋은 방법은 블랙 오크들이 일을 꾸밀 수 없도록 가능성을 미연에 차단하는 방법이다. 혹은 미리 다른 방향으로 물길을 돌려놓는 방법이다. 물론 전자가 가장 최고의 시나리오다.

나는 이렇게 세 가지에 대한 목표를 두고 올해를 보낼 생각이다. 지금 이 이상의 행보는 사치고 의미 없는 발걸음이었다.

"후, 좋아. 그렇게 가자."

결심을 내린 나는 고개를 끄덕이며 입술을 질끈 깨물었다.

계획은 세워졌다.

남은 것은 거침없이 목표를 향해 나아가는 것뿐이다.

그리고.

어느덧 3개월의 시간이 흘렀다.

2장

마도국 자르가드

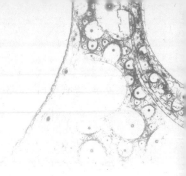

3개월의 시간은 정말 눈코 뜰 새 없이 바쁜 시간이었다.
잠을 자고 있는 시간을 제외한 모든 시간을 의뢰 수행을 위
해 보냈을 정도로 타이트한 일정을 소화했다.

그중에는 2주 이상의 행보를 요하는 장기 의뢰도 있었고,
당일에도 마무리 지을 수 있는 단기 의뢰도 있었다.

나는 가리지 않고 의뢰를 수행했는데, 유일하게 쉬었던
날이 지독한 감기 몸살에 걸려 약도 듣지 않아 어쩔 수 없
이 하루를 쉬었던 날이 전부였다.

테노스 용병단에 들어오는 의뢰들은 십중팔구가 귀족가,

혹은 황실이나 군부 쪽에서 들어오는 의뢰이기 때문에 난 이도가 높았다.

그 대신 의뢰 성공 여부가 상당한 전공(戰功)으로 인정을 받았고, 덕분에 이제 귀족 심사에 이름을 올려볼 수 있을 정도가 되었다.

언뜻 말로만 들어보면 쉬운 일처럼 느껴질 수 있지만 의 뢰 하나하나를 자세하게 까놓고 보면 쉬운 것은 하나도 없 었다.

가장 귀찮지만 가장 많이 들어오는 것은 역시 산적 토벌 에 대한 의뢰였다. 혹은 상대적으로 상주 병력이 적은 남서 부에서 빈번하게 발생하기 시작하고 있는 블랙 오크들의 출몰을 막는 것이 주요 의뢰였다.

왜 이런 일들을 정규군이 나서서 해결하지 않는가 물을 수도 있을 것이다. 결론부터 말하자면 그럴 필요성을 느끼 지 못해서다.

이 문제를 해결해야 하는 1차적인 책임은 해당 영지를 관 리하고 있는 영주에게 있기 때문이다.

문제는 지방의 영주들은 수도권에 위치한 영지의 영주들 과는 달리, 재정이 턱없이 부족하고 보유하고 있는 전력이 적어 상황을 통제하는 것이 쉽지 않다는 점이었다.

그래서 몇 번이고 중앙 정부에 지원군을 요청하는 서신

을 올렸지만 돌아오는 대답은 '불가하다' 는 것이었다.

황실의 재정은 이미 바닥을 드러내고 있었고, 그런 상황에서 대규모 토벌대를 편성하는 것은 초기 단계부터 많은 재원을 필요로 하는 일이었다.

그러다 보니 좀 더 싼 값에, 그리고 손쉽게 일처리를 맡길 수 있는 용병단 쪽으로 의뢰가 들어왔다. 직접 토벌대를 꾸리는 것보다는 싸게 먹히면서 쓸 만한 결과를 기대할 수 있기 때문이다.

덕분에 테노스 용병단에 들어오는 의뢰의 대부분은 거의 전투에 관한 것이었다.

전공을 가장 많이 인정받을 수 있는 의뢰이기도 하다. 나는 크고 작은 이런 의뢰들을 계속해서 수행했고, 덕분에 단기간에 많은 전공을 쌓을 수 있었다.

물론 그만큼의 실력이 뒷받침되어 준 결과이기도 했다. 1-2클래스의 마법으로는 다수의 산적이나 오크들을 상대로 효과적인 원거리 공격을 펼치는 것이 쉽지는 않기 때문이다.

기동력을 강화시켜 주는 마법인 헤이스트와 단거리 이동 마법인 블링크를 이용할 수 없는 점이 가장 크다.

한편, 3개월의 시간 동안 주변에서도 많은 일들이 있었다.

우선 카터는 내가 조언한 대로 화장품 사업에 뛰어들었고, 핑크 혹은 바이올렛 컬러로 만든 립스틱을 팔며 또다시 큰돈을 벌었다.

예상한 대로 건국 기념절에서 다이애나 공주가 립스틱을 바르고 나왔고, 그날을 기점으로 귀족가의 여인들에게 선풍적인 인기를 끌기 시작했기 때문이다.

덕분에 카터는 수도에 열어두었던 지점의 규모를 키우며 아예 쓸 만한 건물 몇 개를 통째로 사들여 규모가 큰 상점을 열었다. 아주 공격적인 투자였는데, 결과는 매우 좋았다.

기존에 카터가 진행했던 특산품, 공예품 판매와 더불어 화장품 판매가 대호황을 이뤘기 때문이다. 카터가 사람을 통해 보내온 편지에 따르면 거의 돈을 쓸어 담는 수준이라고 했다.

앞으로 각 지역마다 지점을 만들어 사업을 확장해 나갈 생각이라, 지금보다 더 눈코 뜰 새 없이 바빠질 것 같다는 것이 편지의 골자였다. 기분 좋은 소식이었다.

그 다음은 로난과의 일이 있었다. 3개월 동안 나는 로난과 내기를 했던 대로 무사히 살아남았고, 마시엥 영지에 예치해 둔 1,500골드를 되찾았다.

혹시나 하는 생각에 마시엥 영지를 방문했던 그날, 로난의 상점이 있던 곳을 찾아갔지만 몇 주 전 영지를 떠나고 없다고 했다.

그래서 찾아간 기관에서 나는 로난이 내게 남긴 쪽지 한 장을 발견할 수 있었다.

즐거운 내기였습니다. 기쁜 마음으로 내기에 진 대가를 받아들이도록 하죠. 소식은 계속해서 듣고 있습니다. 테노스 용병단의 단원이 되셨더군요. 그것도 아주 유명한 마법사로서요!

여정이 맞는다면 용병단에 한 번 들르도록 하죠. 그때 또 즐거운 대화를 나눌 수 있기를 바랍니다. 그때까지 무탈하게 잘 지내시길 바랍니다.

그 쪽지를 남긴 뒤 로난은 스페디스 제국을 떠났다고 했다. 어디로 갔는지까지는 알 수 없지만, 워낙에 신출귀몰하게 각국을 돌아다니는 로난이니 그의 행보가 충분히 짐작은 갔다.

아마 스페디스 제국으로 돌아오게 되면 다시 그를 만날 기회가 자연스럽게 생길 것이다.

아이린은 그날 이후로 연락이 끊겼다.

카터를 통해 소식을 물어보니 무슨 일인가에 골몰하여 자기도 도통 아이린을 보는 게 쉽지 않다고 했다. 카터의 말에 따르면 검술을 배우기 위해 스승까지 초빙을 했다는 것이다.

과거에는 없었던 아이린의 행보다. 하지만 그것을 두고 내가 이래라저래라 하는 것이 오지랖임과 동시에 괜한 희망 고문을 하는 것이기에 나는 더 이상 신경 쓰지 않기로 했다.

3개월의 시간 동안 많은 진전이 있었던 것은 역시 로이니아와의 관계였다. 소렌 남작의 정략결혼은 더 이상 진행되지 않았다.

테노스 용병단에 소속된 아론의 이름이 용병단의 유명세와 더불어 널리 알려지게 되면서 자연스럽게 소렌 남작에게도 긍정적인 영향을 미쳤던 것이다.

물론 그렇다고 해서 소렌 남작이 개과천선을 한 건 아니었다.

다만 아론의 활약 덕분에 굳이 무리해서 정략결혼을 추진하기보다는 아론이 용병단에서 더욱 유명세를 떨칠 수 있도록 아버지로서 힘을 실어주는 것이 더 빠르겠다고 판단을 한 모양이었다.

그러다 보니 로이니아는 줄곧 시간이 날 때마다 용병단을 찾아오곤 했다. 집안 형편이 나아지면서 그녀를 보살피고 챙겨줄 집사와 하녀의 수도 늘어났고, 이제는 호위 기사도 붙어 있었다.

아론도 나만큼이나 그간의 시간들을 의뢰에 몰입, 그야말로 워커 홀릭이 되어 보내왔기 때문에 자금적인 여유가 충분했던 것이다.

로이니아가 용병단을 찾아올 때마다 데이트 아닌 데이트가 이루어졌다.

나만큼이나 의뢰 수행에 바빴던 아론은 용병단에 찾아온 로이니아를 반갑게 맞이했다가도, 다음 의뢰를 수행하기 위해 서둘러 떠나곤 했다.

그러다 보면 자연스럽게 로이니아를 나에게 부탁하는 아론의 말이 이어졌고, 로이니아와 함께 있을 수 있었던 것이다. 로이니아는 내심 그런 것을 기대하고 용병단에 찾아오는 느낌이었다.

덕분에 용병단의 거리부터 시작해서 이곳에는 나와 로이니아의 추억이 남은 몇 가지 장소들이 생겨났다. 즐거운 기억이었다.

*　　　*　　　*

오늘은 내가 용병단에 휴식계를 내고 2주일간의 여행을 떠나기로 한 날이었다. 공식적으로는 여행으로 되어 있지만, 실제 목적은 마도국 자르가드에 잠입하는 일이다. 아이거의 조각, 보석을 구해오기 위해서다.

현재 수도에서는 테노스의 요청으로 나와 크리스티나에 대한 귀족 심사 건이 올라가 있는 상태라고 했다.

심사 기간이 2주에서 3주 정도 걸리는데, 결격 사유가 없어 웬만하면 통과될 가능성이 크다고 했다. 즉, 내가 돌아올 때가 될 즈음이면 어떻게든 결론이 나 있을 것이란 이야기다.

아론과는 며칠 전에 인사를 끝낸 상태였고, 아침이 되자마자 나는 용병단의 다른 동료들과도 인사를 나눴다.

여행 목적지를 묻는 동료들의 질문에 나는 스페디스 제국 남쪽에 있는 휴양지 알케이란의 이름을 둘러댔다.

해안가인데다가 관광 시설들이 잘 갖춰져 있어, 귀족들이 줄곧 여행 삼아 떠나는 대표적인 관광지였다. 동료들도 열심히 일했으니 푹 쉬다 오라며 응원을 해주는 모습이었다.

처음에는 솔직하게 마도국 자르가드에 잠입할 예정이라고 말해볼까 싶기도 했었다. 하지만 동료들의 성격상, 자르가드로 간다고 하면 발 벗고 나서려는 사람이 한둘이 아닐 것 같았다.

다들 자르가드에 대한 호기심도 많고, 무엇보다 적개심들이 대단한 사람들이었기 때문이다.

나 역시도 자르가드는 다른 국가들에 비해 좋게 보지 않는다. 불과 몇 십 년 전만 해도 마도국 자르가드는 조금 다른 뜻과 길을 걷는 흑마법사들의 집단처럼 여겨졌지만, 이제는 정말 외골수 급진주의파 흑마법사들이 모인 집단이 되어 있었다.

국경을 맞대고 있는 스페디스 제국에는 잠재적인 골칫거리임과 동시에 함부로 건드릴 수 없는 대상이기도 했다.

당장에 지방에서 벌어지는 블랙 오크들의 출몰과 산적 떼들두 제대로 컨트롤되고 있지 않는 미당에 마도국까지 국경지대에서 설친다면 여간 골칫거리가 아니기 때문이다.

그래서 스페디스 제국은 긁어 부스럼을 만들지 않기 위해서라도 자르가드와의 접경지대에는 병력도 일부 줄여서 배치하고 방어선도 상당히 뒤로 빼내어 형성해 놓고 있는 상태였다.

다만 아주 오래전부터 원수지간처럼 지내 온 두 국가이기 때문에 설령 내가 잠입한 사실이 알려지게 된다 해도 국가 간의 외교적인 문제로 비화될 일은 없을 것이다. 애초부터 관계가 안 좋은 사이니까.

"함께 갔으면 했는데… 아쉽지만 재충전의 시간이 필요하겠지. 괜히 레논의 휴식을 방해하고 싶진 않아서, 이렇게 가기 전에 잠깐이라도 보고 싶어서 왔어. 단장님이 배려를 해주신 덕분에 이제 용병단에 오는데 반나절도 안 걸려. 정말 빨라졌지?"

"그러네요. 내려가서 잘 쉬고 올라오겠습니다. 머리도 충분히 식히고요."

"레논이 올라올 즈음이 되면… 그때는 서로 말을 편하게 할 수 있는 사이가 되어 있을까?"

"후후, 아마도요?"

출발하기 전, 나는 로이니아를 만났다. 그녀에게 서신으로 곧 떠날 여행에 대해서 알렸는데, 그 소식을 듣고 한달음에 달려온 것이다.

로이니아는 내심 나와 함께 여행을 떠나길 바라는 눈치였지만 그녀 스스로도 불가능한 일임은 잘 알고 있었다. 우선 소렌 남작이 그런 일을 허락해 주지 않을 것이다.

처음에는 도도하고 새침하게 내게 튕기고, 때로는 차갑게 행동했던 로이니아도 시간이 흐르면서 천상 사랑에 빠진 여자의 모습으로 변해가고 있었다.

그 대상은 물론 나다. 그리고 나 역시 로이니아에게 호감을 가지고 있는 만큼, 이를 숨기지 않고 표현하곤 했다.

그녀의 말대로 이번 여정이 끝나고 나면 귀족 심사가 어떻게든 끝이 나 있을 것이다.

심사가 성공적으로 끝나면 수도로 올라가 몇 가지 까다로운 절차를 밟긴 해야겠지만 크게 문제 될 점은 없다. 수속에 필요한 돈들도 이미 오래전에 마련해 둔 상태다.

귀족이 되면 로이니아가 은근히 바라왔던 것처럼 서로가 서로에게 편하게 말을 놓을 수 있는 때도 올 것이다. 같은 나이의 두 남녀가 누구는 존대를, 누구는 반말을 할 일도 없는 것이다.

"그럼 출발할까요?"

내가 먼저 운을 뗐다. 어차피 이 영지를 나서는 길까지는 나와 로이니아의 동선이 같았다.

그 다음 갈림길에서 로이니아는 서쪽으로 그리고 나는 자르가드가 있는 동쪽으로 움직이게 된다. 물론 로이니아에게는 동쪽 길을 이용해 남쪽으로 갈 것이라고 둘러대게 되겠지만.

"그러자. 가는 길까지 그동안 무슨 일들이 있었는지 이야기해 줘. 용병단 이야기, 정말 재밌거든."

"하하하, 얼마든지 해드리죠."

나는 유쾌한 웃음을 지으며 로이니아를 따라 움직이기 시작했다. 드디어 용병단 입단 후, 용병단의 굴레를 벗어나 떠나는 첫 번째 여정이었다.

과거의 삶에는 없던 여정. 하지만 더 큰 힘을 얻을 수 있어 기대되는 여정이기도 했다.

"아쉽네. 여기서 헤어져야 한다니……."

"어차피 오랜 기간의 여행도 아니니까요. 너무 그렇게 슬픈 표정은 하지 않아도 됩니다."

"그렇게 슬퍼보여? 내 표정이?"

나는 로이니아의 물음에 고개를 끄덕였다. 아쉬운 감정이 전부 드러난다. 그녀 나름대로는 표정을 관리한답시고 속내를 숨기는 것 같지만 내 눈에는 다 보인다.

오는 길에서 로이니아는 아버지 소렌 남작에 대한 이야기를 했다. 궁금하긴 했지만 직접 물어볼 수는 없었던 차에 그녀가 직접 아버지에 대한 이야기를 꺼낸 것이다.

그 과정에서 나는 예상과는 좀 다른 이야기를 들었다. 물론 과거의 기억들과 다른 현실이 펼쳐지기 시작하면서 몇 가지 간극이 생기기는 했다.

대표적인 것이 로이니아의 정략결혼이다. 원래 기억대로

라면 지금쯤 그녀의 혼담이 상당히 진행이 되었어야 했지만 지금은 아니었다.

그 대신 전혀 예상치도 않았던 일이 생기려 하고 있었는데, 바로 소렌 남작이 재혼을 하려고 한다는 것이다.

스페디스 제국은 타국에 비해 개방적이고 능동적인 연애, 결혼관을 가지고 있어서 재혼에 대한 인식도 나쁘지 않았다.

이혼도 마찬가지다.

다만 재혼 상대가 마음에 걸렸다. 케플린 공작의 사촌 여동생이었다.

그녀 역시 한 차례의 이혼 경험이 있는 여성이었는데, 다른 사람이 아닌 케플린 공작의 혈연과 엮인다고 하니 기분이 개운치 않았다.

이 부분은 내 기억에는 없는 부분이니 만큼 신경을 쓰고 있을 필요가 있었다.

아마도 소렌 남작은 이 결혼을 통해서 케플린 공작가에 연을 두려고 하는 생각일 것이겠지만, 케플린 공작의 의도는 뭘지 궁금했다. 소렌 남작과 자신의 사촌 여동생을 맺어줌으로써 얻을 수 있는 이익은?

나는 아직까지는 확신할 수 없었지만, 소렌 남작이 케플린 공작의 '청소부' 역할을 할 가능성도 높다고 여겼다. 쉽게 말해 껄끄러운 일을 나서서 처리해 줄 행동대장의 역할이다.

소렌 남작은 다시 정계로 복귀할 기회를 호시탐탐 노리고 있고, 케플린 공작 같이 정적이 많은 사람에게는 험한 일을 해줄 사람이 필요하다. 어쩌면 서로의 필요에 의한 완벽한 조화일 수도 있겠다는 생각이 들었다.

"갈게. 돌아오면 오빠를 통해서든, 아니면 내게든 연락해 줘. 레논."

"푹 쉬고 오겠습니다."

"응, 아무 생각 말고 푹 쉬어! 자, 출발하자. 집으로."

로이니아가 나를 향해 힘껏 손짓을 하며 작별 인사를 전했다. 나는 갈림길에 선 채, 그녀가 탄 마차가 언덕 너머로 사라질 때까지 서 있었다. 그녀도 조금씩 멀어질 때마다 마차 밖으로 고개를 내밀고는 제자리에 서 있는 나를 향해 더욱 힘껏 손을 흔들어주었다.

"후아."

그렇게 로이니아를 보내고 나니 나도 모르게 깊은 한숨이 터져 나왔다. 장밋빛으로 포장된 시간은 끝이 났다. 이제부터는 움직임과 주변의 시선 하나하나에 신경을 써야 하는 발걸음이었다. 마도국 자르가드는 결코 만만한 곳이 아니다.

　　　　　*　　　　*　　　　*

　나는 장거리 텔레포트 마법진을 이용해 자르가드와의 접
경지대에서 하루 남짓한 위치에 있는 게렌 영지에 도착했
다.

　비용이 꽤 지출되기는 했지만 부담이 될 정도는 아니었
다.

　용병단 생활을 하면서 모은 돈도 상당했다.

　내가 쓰는 지출이라고는 필요한 몇 가지 옷들을 사는 데
쓰인 돈과 월말이 되면 고향의 어머니와 레니에게 부치곤
했던 선물에 대한 운송 비용이 전부였기 때문이다.

　보통 마법사들은 자신들이 부족한 부분을 채우기 위해서
상당히 많은 돈을 아티팩트나 마법 보조 스크롤에 쓰곤 한
다.

　마법 보조 스크롤이란, 3클래스의 마법사가 4클래스의
마법을 쓸 수 있도록 도와주는 1회성의 스크롤이다.

　마법 스크롤에 가까운 것인데, 평범한 일반인이 찢어서
쓰는 마법진 스크롤보다는 발현 과정이 까다로웠다. 스크
롤을 찢는 사람도 마나를 보유하고 있어야 하기 때문이
다.

쉽게 말하자면 3클래스의 마법사가 최대로 구현할 수 있는 마법에 약간의 마법진 보조를 추가해서 일회적으로 4클래스의 마법을 쓸 수 있도록 하는 것이었다.

비용은 상당히 비쌌지만 인기가 많았다. 보통의 마법사들이 한 클래스를 넘어서기 위해 적게는 수년에서 많게는 수십 년을 보내야 하는 것을 생각하면 더더욱 그러했다.

한 번뿐이긴 하지만 경험으로나마 한 클래스 윗 단계의 마법을 쓰게 되는 것도 즐거운 체험인 것이다. 그래서 다수의 마법사들은 마법 보조 스크롤을 애용했다.

하지만 나는 그런 보조 장치를 이용할 생각은 전혀 없었다. 의미 없는 짓이다. 그런 식으로 쉬운 방법을 자꾸 이용하다 보면 마법적인 깨달음에 대한 노력도 점점 줄어들게 된다.

결국 악순환이다.

마법사에게 깨달음은 성장의 동력과도 같은데 그것이 없다면, 남는 것은 정체밖에 없다.

휘이이이—

휑한 칼바람이 불었다.

명색이 영지이고 군용 텔레포트가 연계되어 있는 곳인데 분위기는 삭막하기 그지없었다.

그나마 텔레포트 마법진이 위치한 곳이라 관리하는 마법

사들과 경계 병력이 주둔하고 있을 뿐, 텔레포트 지역을 빠져 나오니 그야말로 어두컴컴한 산길이었다.

이제부터는 마법진을 이용해 거리를 단축할 수는 없다. 부지런히 움직여야 했다.

나는 산길을 따라 계속해서 이동했다. 체력이 급격히 소모되지 않도록 안배를 하는 가운데, 헤이스트를 이용해 산길을 좀 더 빠르게 주파했다.

초행인 사람이라면 헤맬 수도 있는 산길이지만 다행히도 내게는 이곳의 기억이 많이 남아 있다. 과거에도 이렇게 산행을 통해 자르가드에 잠입한 적이 있었기 때문이다.

물론 그때는 목적이 달랐다. 지금은 아이거의 조각, 그중 하나인 보석을 회수하기 위해 가는 길이기만, 그때는 자르가드의 중요 관료를 암살하기 위한 암행이 목적이었다.

국경을 넘는다는 것은 생각보다 쉬운 일은 아니다. 아무리 치안이나 경계가 허술한 나라라고 할지라도 국경지대만큼은 방비를 확실하게 한다.

경계가 무너지면, 그때부터는 상상 이상의 혼란이 야기되기 때문이다.

하물며 최대 적국으로 불리는 마도국과 땅덩어리를 직접

적으로 맞대고 있는 국가라면 더더욱 그러했다.

하지만 빈틈이 아예 없는 것은 아니다. 극히 일부분이지만 사각지대가 존재하는데, 내가 알고 있는 곳은 바로 이 사각지대였다.

이쪽을 이용한다면, 충분히 국경지대를 시선을 끌지 않고 넘을 수 있다. 물론 그 전제 조건으로 블링크 마법이 필요하지만.

＊　　　＊　　　＊

─결단 한 번 빠르군. 그렇게 서두를 것 까지 있나? 차근차근 때가 되면, 그때 조각을 모아봐도 될텐데.

"굳이 지금 할 수 있는 일을 나중으로 미룰 이유가 없어. 하물며 그게 내가 강해질 수 있는 방법이라면 더더욱."

─그러면 드래곤들의 영역에도, 블랙 오크의 소굴에도 들어갈 생각인 것이냐?

"못 할 건 없어. 충분한 계획과 준비만 되어 있다면. 이번 사르가드로의 이동은 내 스스로 계획과 준비가 끝났기 때문에 움직이는 것이고. 충동적으로 하는 일은 내게는 존재하지 않아."

─두말하면 잔소리겠지, 클클클. 너는 정말 무서운 놈이

다. 아니 어쩌면 일찌감치 미쳐 버린 탓에 멀쩡해 보이는 지금의 모습이 오히려 '비정상'적인 걸지도 모르지.

"한때는 미쳐 버렸던 적도 있었어. 지금 생각해 보면 부끄러운 기억들이지만. 내 반복된 삶에 하나도 도움이 안 되는 기억이었다."

아이거는 내가 살아온 99번의 삶을 간접적으로나마 체험해 본 유일한 사람이다. 굳이 범주를 넓히자면 '그'도 포함할 수는 있을 것이다.

지켜보고 내게 계속해서 환생을 할 수 있는 준비를 해준 장본인이니까.

아이거는 그래서 내 삶의 깊이를 알고 있다. 그가 나의 행보에 불만이나 의문을 가지기 보다는 호기심을 가지고 지켜보는 이유이기도 하다.

처음의 아이거는 분명 내게 뒤통수를 크게 두드려 맞았다는 그 배신감 때문에 적대감이 높았지만, 이후 수 차례의 대화를 거치면서 간극을 많이 줄였다. 지금은 적이라기보다는 전략적 동반자의 느낌이 더 진하다.

물론 우열 관계는 확실하다. 아이거는 내가 없이는 그 누구와도 대화를 나눌 수 없고, 새로이 몸을 구할 수도 없다.

그리고 어찌저찌해서 새로 몸을 구해 취한다고 할지라

도, 내게 걸려 있는 계약 관계를 털어낼 수 없다.

즉, 영원한 종속 관계인 것이다.

나도, 아이거도 그 점을 잘 알고 있다. 아이거도 자신의 운명을 받아들인 모습이었다.

―이번 삶에서는 성공할 것 같아? 어떨 것 같나?

"어떤 성공? 드래곤들과의 전투?"

―궁극적인 목적은 어쨌든 그게 맞을 테니까. 인간을 제외한 이종족 중에서 가장 강력한 존재이기도 하고.

"성공할 것 같다, 아니다로 고민할 문제가 아니야. 반드시 성공해야만 해. 그렇지 않으면 내가 살아온 99번의 삶은 아무짝에도 쓸모없는 과거의 단편이 되어버리겠지. 물론 다음 삶도 내겐 없을 것이고, 나는 존재하지도 않았던 것처럼 사라지게 되겠지만."

―내 말은 너를 두고 하는 말이 아니다.

과연 이번 삶에서는 네 주변의 사람들과 환경이 이종족과의 전쟁을 완벽하게 대비할 수 있을까에 대한 궁금증인 거다.

"불가능한 건 없어. 가능하게 만드는 것, 그리고 그 기간을 단축하는 것이 내 몫이고. 아직까진 계획대로 잘 되어가고 있어. 오히려 생각보다 더 빠르게 말이야."

―내가 충분한 변수가 된 것 같은데?

"아주 충분한 변수가 됐지. 충분하다 못해 차고 넘칠 정도로."

나는 아이거의 말에 미소를 지었다. 그의 말대로다. 아이거는 과거의 삶에서 내가 '또 다른 아이거'와 어떤 관계로 보내왔는지를 알기 때문에 정확하게 상황을 판단하고 있었다. 나의 반복된 삶의 절반 이상에는 아이거의 지분이 있기 때문이다.

계약이 이루어질 당시, 찰나의 순간이었지만 아이거는 내 기억의 모든 것을 보고 확인했다. 자신의 기억에는 없는 다른 삶에서의 자신을 본다는 것. 본인에게도 흥미로운 경험일 것이다.

ㅡ도움이 필요하면 언제든지 불러. 언제든지…….

말끝을 흐리는 아이거에게서는 아쉬움이 묻어났다. 그는 내 눈이 보고 귀가 듣는 것을 사념을 통해 그대로 받아들일 수 있다. 즉, 나와 한 몸이나 다름이 없다는 이야기다.

하지만 결국 반지 속에 갇힌 신세였고, 그러다 보니 답답해하면서도 한편으로는 심심해하는 눈치였다. 초창기를 생각해 보면, 아이거의 독기도 많이 죽었다.

그러다 보니 내가 쳇바퀴처럼 굴러가는 용병단 생활을 할 때는 별말이 없었다가, 자르가드로의 이동을 시작하니 부쩍 관심을 보이는 모습이었다.

아무래도 상관없었다. 아이거와 나는 떼려야 뗄 수 없는 사이다.

*　　　*　　　*

그렇게 저녁과 밤을 새워가며 부지런히 이동한 나는 한밤중을 지나, 달빛조차도 사라진 새벽이 되었을 때 국경지대에 도착할 수 있었다.

산 아래로는 길게 늘어선 횃불들의 행렬이 보인다. 저곳은 경계가 삼엄한 곳이고, 관문까지 있어 절대 통과할 수 없다.

하지만 이곳은 병력이 주둔하기에는 워낙에 산세가 험한 곳이라 인기척은 나를 제외하고는 아무것도 없었다. 산 아래에서부터 쭉 이어져 있는 철조망 경계선도 여기까지 이어져 있지는 않다.

"후우."

나는 다시 한 번 심호흡을 했다.

100번째 삶을 시작한 이후, 처음으로 스페디스 제국을 벗어나 타국으로 떠나는 발걸음이었다.

좋아, 그런 마음가짐. 그럼 다시 길을 열어주지. 늘 말하지만, 이번에도 쉽진 않을 거다.

문득 '그'가 환생하기 전, 내게 남겼던 말이 생각난다.

이번에도 쉽지 않을 것이라는 말.

"후후, 쉽진 않겠지. 쉬우면 재미없잖아."

그렇다.

이번 삶이 물 흐르듯 모든 것이 착착 진행되었다면, 그게 오히려 내게는 부담이 되었을지도 모른다. 지금의 삶, 나쁘지 않다.

적어도 지금까지는 말이다.

3장

뜻하지 않은 재회

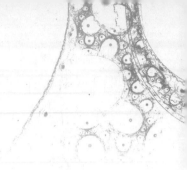

샛길을 돌고, 깎아지른 듯한 절벽 옆으로 겨우 발 두 개를 밀어넣을 수 있을 정도로만 만들어져 있는 잔도를 따라 돌고 나서야 나는 국경지대를 넘을 수 있었다.

이 잔도는 누가 만들었는지는 몰라도 항상 내가 이쪽을 통할 때면 유용하게 썼던 길이었다. 워낙에 길이 좁고, 절벽가에 있어 바람이 조금만 불어도 발을 헛디뎌 미끄러지기 좋은 곳이었지만.

말이 국경지대를 넘었다는 것이지, 여기에는 별다른 경계가 없어 그저 산에 있는 절벽 하나를 넘어온 느낌이었다.

하지만 이제 이 길을 따라 쭉 이동하면서, 사람들이 사는 마을로 이어지는 길로 접어든다면 그때부터는 얘기가 달라질 것이다.

"후우, 일단 옷부터 사는 게 좋겠군."

흙투성이가 된 옷을 보니 그런 생각이 들었다. 이왕이면 깔끔한 복장으로 움직이는 것이 좋다. 자르가드의 사람들이 즐겨 입는 검은색 복색에 맞게 검은색 로브를 걸치고 왔지만, 산을 타다 보니 흙이 잔뜩 묻어 보기가 영 좋지 않았다.

나는 우선 자르가드의 수도 페르페논에 가기 전에 쓸 만한 위조 신분증 하나를 구매할 생각이었다.

자르가드가 각 지역마다 치안이 들쑥날쑥하고 관리들이 부패해서 느슨하게 관리되고 있는 것이 사실이지만, 그래도 수도 페르페논은 달랐다. 적어도 그곳에 들어가기 위해서는 정당한 절차가 필요했다. 샛길이라든가 우회로 같은 것은 없다.

그래서 암시장에서 무난하게 검문, 검색을 통과할 만한 인물로 신분증을 위조하거나, 혹은 암시장에 돌고 있는 타인의 신분증을 소지할 필요가 있었다. 위조가 좀 더 비용이 싸게 들고, 타인의 신분증을 이용하는 것이 비용이 조금 더 비싼 편이다. 나는 전자를 선택할 생각이었다. 후자는 신분

세탁 과정에 시간이 걸리기 때문이다.

화르르륵.

시야도 밝힐겸, 그리고 산속에서 부는 새벽의 칼바람의 추위를 달래기 위해 나는 파이어 볼을 캐스팅했다. 시전하지 않고 캐스팅 상태로 두고 있으면 꽤 오랜 기간 온기를 유지할 수 있다.

아주 기본적인 마법인 파이어 볼이지만, 지금 이 마법은 내가 스페디스 제국에서 시전했던 그 마법과는 다르다. 흑마법이니까. 어둠의 힘을 이용한 마법인 것이다.

과거 사람들이 제대로 그 실체를 알기 전까지는 흑마법을 극도로 경멸하고 두려워했는데, 그것은 백마법과 달리 흑마법에는 어떤 전염병이 담긴 세균이라든가 기운이 함께 섞여 있다고 믿었기 때문이다.

하지만 마법에 대한 지식들이 널리 알려지고, 흑마법에 대한 오해도 벗겨지게 되면서 그런 인식은 많이 줄었다. 물론 오해가 아무 이유 없이 생겼던 것은 아니다. 치유, 회복, 정화 등에 관련하여 특색을 가지고 있는 백마법과 달리, 흑마법은 파괴, 오염, 쇠약, 상처와 같은 피격자로 하여금 고통스럽게 만드는 마법들이 많았다. 때문에 흑마법 전체에 대한 선입견 같은 것이 생긴 것이다.

흑마법의 파이어 볼이나 백마법의 파이어 볼이나 다를

것은 없었다. 사용하는 마나의 성질이 다르다는 것을 빼면.

$$* \qquad * \qquad *$$

　그날 아침. 산길을 따라 쭉 아래로 내려온 나는 자르가드의 외곽 국경지대에 있는 도시 알펜시온에 도착할 수 있었다. 도시라고 하기에는 상주인구도 적고, 무엇보다 관리부터 병사들까지 모두 부패해 있어 그야말로 부정부패의 온상인 도시였다.

　여기서 고통을 받는 것은 역시 피지배 계급의 위치에 있는 평민들이다. 알펜시온에 대한 기억은 좋은 것은 전혀 없고, 나쁜 것들만 가득하다. 과거에도 항상 그랬었으니까. 이번에도 크게 다를 것은 없을 것이다.

　"이봐. 어딜 그냥 지나가려고? 통행증을 제시해."

　"수고 많으십니다."

　"흐음? 음. 통행증 확인 끝. 통과."

　"감사합니다. 언제나 고생 많으십니다."

　"후후후."

　보통 관문이 있으면 최소한 십수 명의 병사가 경계를 서고 있어야 하지만, 알펜시온으로 들어가는 입구의 관문에는 병사 하나만이 서 있었다. 나머지는 구석에 늘어서 있는 막사 안에서 잠을 자는지, 소리조차 들리지 않았다.

나는 병사에게 금화가 충분히 담긴 묵직한 주머니를 건네주었다. 그러자 병사는 확인되지 않은 통행증을 확인하는 체하며 자연스럽게 나를 통과시켜 주었다.

제3자가 보면 정말 어이 없을 광경이지만, 이게 자르가드의 현실이다. 수도와 그 주변의 중심 도시 정도를 지날 때가 아니면, 이 방법으로 통행증 부재의 문제는 모두 해결된다.

알펜시온 시내로 들어온 나는 우선 암시장을 찾았다. 보통 암시장이라고 하면 골목에 골목을 돌아, 건물 몇 개를 복잡하게 지나고 나서야, 지하실 깊은 곳에서 마주할 수 있는 느낌을 떠올리겠지만.

이곳의 암시장은 생각보다 양성적인 곳에 위치해 있다. 상인들이 쭉 늘어서서 물건을 판매하는 곳에서 암상인들과 접선을 하는 것이다. 대낮, 버젓이 코앞에서 군인들이 왔다 갔다 하는 경우에도 상관없이.

물론 접선 방법은 따로 있다. 상인들에게 대놓고 '위조된 신분증'을 달라고 하는 것이 아니라, 그들 사이에서 오고가는 은어를 쓰는 것이다.

우선 의류 상점에 들려 깨끗한 검은색 로브를 새로이 두른 나는 알펜시온 시내의 한쪽 귀퉁이에 있는 상인들의 매대를 쭉 둘러보다가, 가장자리에서 담배를 입에 문 채 꾸벅꾸벅 졸고 있는 한 상인에게로 다가갔다.

물건을 팔러 나온 사람치고는 파는 물건들이 영 시원찮았다. 그저 구색을 맞추기 위해 올려놓은 느낌인데, 상품가치가 현저히 떨어지는 중고 물품들이었다.

보통 이런 사람들이 암상인이다. 혹은 암상인과 연결시켜 주는 매개 역할을 하든가.

"저기요?"

"음, 음음. 뭐, 뭐를 사러 오셨나?"

"쓸 만한 양피지가 있을까 싶어 사러 왔는데. 여기서는 안 팝니까? 도통 구할 수가 없군요."

내 목소리에 곤한 잠에서 깬 상인이 그제야 물고 있던 담배를 뱉으며 내게로 시선을 고정 시켰다. 신분증은 양피지라는 단어로 대체된 것이고, 안 파냐고 물어보는 것은 위조된 것을 구한다는 말을 대체하는 것이다.

아무것도 모르는 사람이 듣는다면 양피지를 사러 왔는데 어디서 구할 수 있느냐라는 질문이 되겠지만, 암상인과 관련자들이 이야기를 듣는다면 위조 신분증을 구한다는 은어가 된다.

"으음, 질 좋은 양피지를 구하러 오신 분이시군. 따라 오시오. 마침 아는 사람이 팔고 있으니. 최근 쓸 만한 질 좋은 것들이 많이 들어왔거든."

"부탁합니다."

나는 앞장서서 일어나는 상인에게 금화 하나를 건네주었다. 일종의 소개료 겸 팁이다. 원래는 연결만 시켜줘도 암상인에게 수수료를 받지만, 이렇게 성의 표시를 하면 좀 더 친절하고 빠르게 안내를 해준다. 경우에 따라서는 구매 이후에 쓸 만한 다른 정보들을 알려주는 경우도 종종 있다. 돈 값을 하는 셈이다.

상인이 안내한 곳은 서적을 판매하는 서점이었다. 양피지를 구하러 왔다는 내 말과도 일맥상통하는 장소다. 안으로 들어서자, 실제로 책을 구매하기 위해 온 손님들이 꽤보였다.

상인은 계단을 따라 나를 윗층으로 안내했다. 그리고 잠시 기다리라며 나를 로비에 세워둔 뒤, 2층 한편에 나 있는 문을 열고 들어가서는 누군가를 만났다.

5분여 후.

그 안에서 나를 안내했던 상인과 한 남자가 모습을 드러냈다. 한데 모습을 보인 남자의 모습이 눈에 아주 많이 익은 사람의 모습이었다.

"로난……?"

"어? 당신은?"

우리는 동시에 서로를 알아봤다.

전혀 예상치도 못한 곳에서 재회를 이루게 된 것이다. 반가우면서도 한편으로는 서로 만날 것이라 생각지도 못했던 곳에서 만나게 된 셈이었다.

*　　*　　*

"아니, 이건 무슨 우연인가요?"

"우연치고는 난감한 상황이 됐군요."

"하하하, 난감할 것까지 있습니까? 땅덩어리는 넓고, 우리는 어디든 갈 수 있는 것 아니겠습니까? 일이 재밌게 흘러가는데요?"

나와 로난은 2층 한편에 별도로 마련되어 있는 비밀 응접실에서 대화를 나눴다. 정말 예상 밖의 일이었다. 로난이 장소에 구애받지 않고 각국을 돌아다니면서 장사를 하는 것이야 알고 있지만, 같은 시기에 나와 동선이 겹쳐 만나게 될 것이라고는 생각도 못했기 때문이다.

엄밀하게 말하자면 나와 로난 모두 스페디스 제국의 사람이고, 공식 허가 없이 사적인 이유로 자르가드를 방문하는 것은 위법 행위였다. 발각될 경우 사안의 경중에 따라 처벌을 받을 수도 있는 상황인 것이다.

"이쪽에서 신분증 장사가 그렇게 돈벌이가 좋다고 하더 군요. 혹시나 해서 넘어와 봤는데, 생각보다 벌이가 좋군 요. 스페디스 제국에 비해서 관리, 검문도 느슨하고. 어차 피 노하우야 예전부터 있었으니 문제될 것도 없었지요."

"취급 분야가 정말 다양하군요."

"장사꾼은 자기 목숨도 팔 수 있어야 합니다. 하물며 이 런 건 특별한 축에도 끼지 못하지요."

저벅. 저벅.

그러는 사이 응접실 근처로 온 호위기사 둘이 자리를 지 켰다. 아마도 이야기가 밖으로 새어 나가지 않을까 싶어서 였을 것이다

스페디스 제국에서 보았을 때만 해도 은빛의 갑주로 무 장하고 있었던 호위기사 둘은 자르가드의 복색에 맞게 흑 색 갑주로 바꾸어 무장을 하고 있었다. 누가 봐도 영락없이 자르가드의 사람으로 보일 정도로.

"왜 이곳에 계신지 이유를 물으면 실례일까요? 아, 일단 용건에 맞는 답부터 드리도록 하죠. 필요한 신분증은 있 습니다. 뒤탈이 확실하게 안 남도록, 자르가드 행정부의 공식 인장까지 찍힌 신분증이죠. 구매는 걱정하실 것 없

습니다."

로난은 이유를 궁금해하는 눈치다. 그에게 굳이 진실을 다 말해줄 필요는 없다.

그가 반가운 것은 사실이지만, 100% 믿을 수 있는 사람이냐고 묻는다면 물음표가 찍힌다.

"자르가드에 대해서 수집할 정보들이 있어서 용병단 차원에서 은밀하게 움직이고 있었습니다. 아무래도 종이 쪼가리 위에 쓰인 정보로는 직접 눈으로 보고 귀로 들은 정보를 대신할 수는 없으니까요."

"위험부담이 큰 행보를 선택하셨군요. 곧 벌어질 일이라도 있는 겁니까?"

장사꾼은 정보에 민감하다. 특히 전쟁과 관련된 소식이라면 더더욱 그러하다. 피난이나 생존 이런 문제가 아니라, 전쟁이 벌어지게 되면 각종 식료품들의 가격이 천정부지로 치솟기 때문이다. 장사꾼에게는 한몫 단단하게 챙길 최고의 기회이기도 하다.

"그런 건 아닙니다. 하지만 확실히 자르가드에 대한 정보들이 고급 정보이다 보니, 용병단 차원에서는 그런 정보들을 미리 가지고 있는 게 큰 도움이 되거든요. 그리고 마법사만큼 주변의 시선을 빠르게 따돌릴 수 있는 직업군이 없기도 하고."

"후후, 이거 저희는 만났으면 안 되는 상황이었군요. 피차 알려지면 껄끄러운 일이지 않습니까?"

"그러게 말입니다. 우연도 이런 우연이 없네요."

나는 우연을 잘 믿지 않는 편이다. 모든 일에는 반드시 인과 관계가 존재한다고 생각하는 편에 속한다. 하지만 로난과의 만남은 정말 접점을 생각조차 못했을 만큼, 우연스러운 일이었다. 그나마 다행인 것은 오히려 나와 로난이 서로에게 호감을 느끼고 있고, 그만한 친분이 있어 이 껄끄러운 상황을 어떻게 넘어가는 게 현명한지 잘 알고 있다는 점이었다.

"입을 열면 우리 모두에게 손해, 입을 닫으면 우리 모두에게 이익. 그저 일상 속의 신선한 충격 정도로 일을 매듭지으면 어떨까 싶은데요. 어차피 오래 있지는 않을 겁니다. 장사꾼이 엉덩이 갖다 붙이고 살기에는 영 퍽퍽한 땅이라서 말이죠."

"그렇게 하지요."

"스페디스 제국으로 돌아가실 때, 다시 한 번 들러주시죠. 시기가 맞으면 같이 넘어가도 될 것 같습니다."

"그렇게 하죠."

나는 로난의 제안에 고개를 끄덕였다.

자칫 껄끄러워질 수도 있던 상황은 적절한 임기응변으로

잘 넘어갔다. 나는 로난에게서 예상했던 것보다 싼 가격에 위조 신분증을 구할 수 있었다.

루테인 폰 아이드리게스.

자르가드의 지방 도시에 살고 있는 어느 젊은 남작의 신분증이었다. 물론 실재하는 사람의 것은 아니다.

나는 만약을 대비한 로난의 브리핑을 받았다. 위조된 신분증 속 인물에 대한 배경 설정이었다. 아주 가끔이긴 하지만, 신분증 위조가 의심될 경우 신분증에 적힌 인물이 살고 있는 도시와 관련된 질문을 하곤 한다는 것이다.

두 시간 남짓 이루어진 브리핑에서 나는 위조된 나의 새로운 신분에 대한 완벽한 인식을 마쳤다. 마치 오래전부터 그곳에 살고 있었던 것처럼.

"쓸 만한 정보를 얻게 되시면 제게 알려주십시오. 가격은 톡톡히 지불해 드리지요, 호호호."

"그럼 열흘 뒤에."

"살펴 가십시오!"

로난이 멀어지는 나를 향해 힘껏 손인사를 건넸다. 타국에서 만난 로난이었지만, 그의 모습은 늘 한결같았다.

카멜레온처럼 어느새 현지인들보다도 더 현지인 같은 모습으로 적응한 그에게선 스페디스 제국에서의 느낌이 전혀 들지 않았다.

위조 신분증은 확실하게 효과가 있었다. 자르가드의 수도 페르페논으로 가는 길에서 통과하게 된 몇 개의 관문에서 신분증은 별다른 의심을 받지 않았다.

사흘 뒤.

나는 페르페논 시로부터 북쪽으로 50㎞ 정도 떨어진 지점에 있는 도시 아르케디아에 도착할 수 있었다. 수도와 얼마 떨어지지 않은 곳에 위치한 도시였지만, 이곳은 이상하게도 도시 안에 들어서던 초입에서부터 느낌이 좋지 않았다. 스쳐 지나간 마을에서 보았던 사람들의 모습에 어두운 기색이 역력했기 때문이다.

"손님이 별로 없나보죠."

"아이고, 손님. 요즘 완전 불경기입니다. 워낙에 장사할 수 없는 환경이 되어서 말이지요. 오늘도 아예 문을 닫을까 고민하던 차에 손님이 오셔서 겨우 이렇게 개시를 했습니다."

내가 투숙하기로 한 여관은 어찌된 일인지 손님이 아무도 없었다. 안으로 들어오자 주인 한 명, 점원 하나, 그리고 주방에 일하는 점원 이렇게 세 명이 전부였다.

여관 전체는 아주 깔끔하고 정리정돈이 잘되어 있었지

만, 사람 냄새가 전혀 나지 않았다. 그의 말대로 내가 첫 손님이었던 것이다.

수도에서 이 정도 거리의 도시면 유동인구가 많은 것은 물론이거니와, 늘 눈코 뜰 새 없이 사람이 머물다 가야 맞는 곳이었다. 한데 이곳으로 오면서 본 몇 개의 여관들은 모두 하나 같이 파리가 날리고 있었다. 그리고 길거리에는 유독 돈이나 음식 따위를 구걸하는 거지들이 많았다.

"여기서 가장 맛있는 음식으로 부탁합니다."

"아이고, 감사합니다. 그나저나 손님은 아르케디아에는 초행이신가보지요? 이곳의 사정을 잘 알고 계신지 못한 듯하셔서……."

"초행입니다. 페르페논으로 내려가는 길이었습니다. 워낙에 촌놈이니… 소식이 어둡지요."

나는 자연스럽게 주인의 말을 받아 넘겼다. 주인은 조용히 파리가 날리던 차에 말동무라도 생겼다는 사실이 반가웠는지, 자연스럽게 내 앞에 자리를 잡고 앉았다.

그러자 눈치 빠르게 점원이 막 끓인 커피 두 잔을 내어왔다. 어차피 마냥 조용하게 있을 것도 아니었기에 겸사겸사 주인과 대화도 하고, 주변의 돌아가는 상황도 살필 요량으로 나 역시 제대로 자리를 잡고 앉았다.

"들려드릴까요?"

"알고 있으면 좋겠지요. 말씀해 주십시오."

"지금 수도에서 대대적인 병사 모집이 이루어지고 있습니다. 말이 좋아서 모집이지, 사실상 징병(徵兵)에 가깝지요. 아르케디아는 아시다시피 젊은 장정들이 다른 도시에 비해 많이 사는 곳입니다. 농경지가 넓다 보니 젊은 일손이 많이 필요했고, 그렇게 정착된 도시니까요. 이번에 수도에서 명령이 처음 떨어졌을 때만 해도 자원입대 형식의 모집이라고 생각했지만, 알고 보니 아니었어요. 지난주부터 해서 일주일 동안 장정들 태반이 바로 강제로 징집되어 페르페논으로 갔고, 그 바람에 아르케디아의 생기가 사라져 버린 겝니다. 뿐만 아니라 전투 물자까지 징발당하고 있어요. 황제 폐하의 명령이라 하니 어쩔 수 없이 따르고들 있지만, 일 년치 농사의 소득까지 모두 가져가 버리면 도대체 어떻게 살라는 건지……."

순식간에 장문의 말을 토해낸 주인의 말에서는 짙은 안타까움과 슬픔이 묻어 나왔다. 한마디로 도시 하나에서 싸울 인력과 자금을 모두 징발해 간 것이다.

마도국 자르가드는 황권이 그 어느 제국보다도 강력한 곳이고, 황제가 거의 신과 동일시되는 국가였기 때문에 황제의 명령에 불복한다는 것은 있을 수도 없는 일이었다. 그 명령이 혹여 부당하다 하더라도 함부로 이의제기를 할 수 없었다. 목이 날아갔기 때문이다.

"전쟁 준비를 한다는 겁니까?"

"예. 그렇지 않고서야 이렇게 많은 장정과 물자가 필요할 리가 없지요."

"으음……."

흐름이 다르게 흘러가고 있다. 스페디스 제국에서 그 동안 지내오면서 느꼈던 것과 유사하다. 자르가드가 군사력을 증강하기 시작한 것은, 내 기억이 맞다면 지금으로부터 1년 후 정도가 된다.

왜냐하면 이때를 즈음해서 다른 신성 제국의 연합군이 마도국 자르가드의 국경 지대에 병력을 대폭 증강시키며, 군사적인 압박을 가하는 한편 조공을 요구하게 되기 때문이다.

당연히 신성 제국과 타협할 리 없는 자르가드에서는 대대적으로 병력을 늘리기 시작하고, 그러면서 국경 지대에서의 위기감이 한층 고조되는 계기가 되기 시작한다.

하지만 지금은 빠르다.

스페디스 제국은 국내에서 생기는 문제를 관리하기에도 벅차고, 다른 제국들 역시 외부에 압력을 가하기에는 문제가 산적한 상태다.

특히 춘궁기가 겹치면서 먹을 것이 부족해서 외국에서

비싼 돈을 들여가며 식량을 수급하고 있는 그런 처지였다.

"도시가 하루아침에 유령 도시가 되어버렸는데도 아무런 말이 없으니… 그저 사람들은 슬퍼하고 또 슬퍼할 뿐이지요. 차라리 여기서 끝났으면 좋겠습니다만, 엄한 특별세 같은 게 또 생기진 않을런지……."

주인이 착잡해진 표정으로 커피를 마치 맹물 들이켜듯 벌컥벌컥 들이켰다.

"에고, 제가 너무 푸념만 해댄 것 같습니다. 맛있는 음식을 내오지요. 조금만 기다려 주십시오!"

주인은 혹시나 주변에서라도 자신을 보는 눈이 있지 않을까 싶었는지, 조심스럽게 창가 언저리를 둘러보고는 주방으로 향했다. 잠깐의 대화였지만, 도시의 분위기는 충분히 짐작할 만 했다.

"전쟁 준비라……."

저녁 식사를 마친 뒤, 나는 조금 일찍 침대에 누웠다. 새벽에 일어나는 대로 수도 페르페논으로 향하는 길을 잡은 뒤, 늦어도 내일 저녁까지는 입성할 생각에서였다.

내가 들어온 이후로 더 이상 들어온 손님은 없었고, 길거리 위에는 황량한 모래 바람만이 불었다. 주인은 내가 침실로 올라가자, 여관 로비의 일부를 제외한 모든 곳의 조명을 껐다. 그리고 정문 앞에도 금일 영업은 종료되었다는 팻말까지 세워 놓는 모습이었다.

덕분에 아직 이른 시간임에도 불구하고 여관에는 정적이 감돌고 있었다. 주인은 자신의 방으로 들어가 일찍 잠이 들었고 점원들도 마찬가지였다.

살짝 열린 창문으로 다른 여관들을 살폈지만, 그나마 다른 여관들은 불조차 들어와 있지 않았다. 누군가가 본다면 정말 유령도시라고 해도 무방할 정도의 광경이었다.

"기억들의 간극을 좀 앞당길 필요가 있겠어."

이런 흐름이라면 블랙 오크들과의 전쟁도 그리 머지않은 시점의 이야기가 된다. 스페디스 제국 전역을 공포로 몰아넣게 될 대홍수도 마찬가지다.

다른 것은 몰라도 단기적, 장기적으로 봤을 때 이종족들과의 전쟁에 가장 핵심적인 역할을 해야 하는 스페디스 제국이 흔들리게 되는 것은 바람직하지 않다.

나는 제국으로 다시 돌아가는 대로 주변의 상황을 다시 한 번 점검하기로 했다. 생각보다 빠르게 벌어지고 있는 일들. 그렇다면 대비도 생각했던 것보다 너욱 빠르게 해야만 한다.

*　　　*　　　*

다음 날 새벽, 계획대로 일찍 움직인 덕분에 저녁 무렵에 나는 페르페논 시의 관문 앞 검색대에 도착할 수 있었다. 역시나 예상했던 대로 절차가 까다로웠다.

임의로 뽑는 것이긴 하지만, 경우에 따라서는 사는 곳의 배경이나 환경에 대한 조사를 할 때도 종종 있다고 하니 신경이 쓰였다.

물론 로난이 완벽하게 해준 브리핑 덕분에 기억은 확실하게 하고 있었지만.

통과 심사에만 30분이 넘는 시간이 걸렸는데, 감독관들은 직접 내 신분증을 자신들이 가지고 있는 기록과 대조해가며 훑어보는 모습이었다.

현내처럼 컴퓨터로 검색이 되는 것도 아니고, 일일이 손으로 다 찾아봐야 하기 때문에 그 과정에서 시간이 꽤 걸렸다. 검색하면 실제로 존재하는 이름이기 때문에 상관없었다.

조잡하게 만든 위조 신분증은 없는 이름을 지어서 만들기 때문에 이런 까다로운 검문 절차에서 바로 밝혀지게 되지만, 로난이 그렇게 허술한 사람은 아니었다. 시간은 좀 걸리긴 했지만 나는 문제없이 검문을 통과할 수 있었고, 그렇게 자연스럽게 페르페논 시로 들어올 수 있었다. 자르가드의 수도에 발걸음을 들여놓게 된 것이다.

철컹. 철컹. 철컹. 철컹.

성문 안으로 들어서자, 대로를 따라 행군하고 있는 대규모의 군사 행렬이 한눈에 들어왔다.

군인들은 하나 같이 나와 비슷한 나이 또래에서, 많아봐야 스물다섯을 겨우 넘겼을 것 같은 젊은 장정이 대부분이었다.

어제 여관 주인이 말했던 그 장정들이 바로 이 군인들인 것 같았다. 눈에 부족한 독기, 그리고 뭔가 엉성한 자세들은 아직 훈련이 덜된 신병임을 짐작할 수 있게 했다.

"우리의 목적은 무엇인가, 제군들?"

"제국을 수호하고, 미래를 위협하는 신성제국의 악랄한 무리들을 황제 폐하의 무릎 아래에 꿇리는 것입니다!"

지휘관의 선창에 신병들이 일제히 답했다. 다른 것은 몰라도 목소리 하나만큼은 우렁찼다.

자르가드의 아이들은 아주 어렸을 때부터 신성 제국에 대한 반감과 혐오감, 적개심을 갖도록 다양한 세뇌 교육을 받게 되는데 아주 오랜 기간 그렇게 학습이 되기 때문에 십중팔구 자르가드 사람들은 신성 제국이라면 치를 떨었다.

이들도 황제의 명령으로 강제로 징집되고 물자를 징발당한 것에는 불만을 가질지언정, 자신들이 자르가드의 군인으로서 당연히 신성 제국의 군인들을 상대해야 한다는 사실 만큼에 대해서는 자부심을 느꼈다.

그래서 장기적으로 보았을 때, 위험한 것은 자르가드였다. 만약 지금 이들이 소집하고 있는 군사들의 칼날이 자르가드로 향한다면 이때부턴 대륙 전역이 전쟁의 불길에 휩싸이게 되는 것이다.

그렇게 되면 내가 계획하고 있는 것들이 일거에 무너지게 된다. 그리고 숱한 시간들을 마도국과의 전쟁으로 보내게 되며, 시간 낭비를 잔뜩 하게 될 것이다. 상상조차 하기 싫은 상황이다.

신경 쓰이는 것들은 점점 많아지고 있다.

'그'가 내게 말했던, 이번 삶도 쉽지 않을 것이라던 말은 이런 것들을 두고 한 말이었을까.

잘 물려서 돌아가던 톱니바퀴가 하나씩 어긋나는 모습이 보이자, '그'에 대한 의심이 커졌다. 혹시나 그가 의도적으로 어떤 다른 방법을 이용해 나를 괴롭히고 있는 것은 아닐까 하고.

이런 생각을 할 때면 가장 큰 변환점을 맞이했던 때가 떠오르게 된다. 바로 크리스티나를 만나게 되었던 그때다.

이때부터 과거의 기억과 현실 사이에 간극이 발생하기 시작했고, 점점 그 간극이 만들어 낸 시간의 차이가 벌어지고 있었다.

마음 같아서는 그를 직접 눈앞에 두고 물어보고 싶지만, 아쉽게도 그는 내가 죽거나… 혹은 목표를 달성하지 못하면 절대 내 앞에는 모습을 드러내지 않는다.

그리고 이번 삶이 내게 주어진 마지막 삶이기에, 다시 그를 볼 일이 생긴다면 목표를 달성했을 때말고는 없을 것이다.

"후우."

괜한 한숨이 터져 나온다.

나는 생각이 다른 곳으로 새어 나가는 것을 다시 바로잡기 위해 시선을 좀 더 멀리 옮겼다. 내가 자르가드로 들어온 목적, 바로 페르페논 제단을 보기 위해서다.

확실히 제국의 중심인 수도, 그 수도에 위치한 제단답게 한눈에 모습이 눈에 들어왔다. 대로를 따라 시선을 쭉 옮기니, 지평선 끝자락에서 하늘 높이 우뚝 솟아 있는 제단이 보였던 것이다.

"아이거, 이제부터는 네 감이 필요해진 시간이 왔다. 이야기를 시작해 봐."

─좀 더 움직여. 여긴 아직 한참이다. 기운이 조금도 느

꺼지지 않으니까 제단으로 가야겠지.

내가 말을 걸자, 1초도 되지 않아 아이거에게서 바로 반응이 왔다.

조용히만 하고 있었을 뿐 계속 상황을 주시하고 있었던 것이다.

이제 목적에 맞게 보석을 회수해 갈 시간이었다. 모든 일들이 빠르게 벌어지고 있는 만큼, 나 역시도 빠르게 강해져야만 한다.

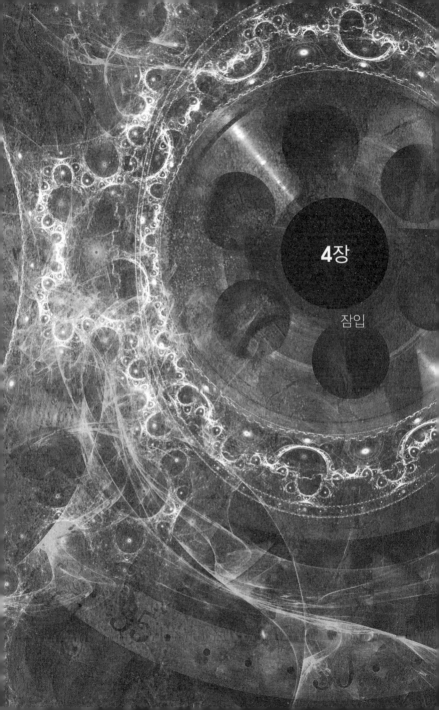

4장

잠입

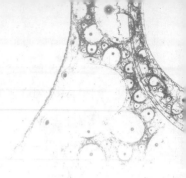

　대로를 따라 한참을 걷고 나서야 수도 페르페논의 중앙에 위치한 제단이 넓은 시야 안으로 들어왔다.

　제단은 산 위에 위치해 있었다.

　페르페논의 중심부에 있는 벨리즈 산에 위치해 있었는데, 보통 대부분의 나라가 수도의 중앙에 황궁을 두는 것과 달리 자르가드는 중앙에 제단이 위치했다.

　황궁은 동쪽에 있었는데, 해가 가장 먼저 뜨는 동쪽의 기운이 가장 좋다고 하여 지어진… 자기들 나름대로의 이유가 있는 설계이긴 했다.

어쨌든 이 제단은 오로지 사제들만이 출입 가능했다.

사제들은 자르가드의 전통 문양이 생겨진 로브를 걸치고 다녔는데, 기본적으로 제단으로 향하는 입구의 검문검색을 통과할 때 별도의 인증 절차를 거쳐야 했다.

물론 신분증은 아니다.

위조하려면 얼마든지 할 수 있으니까.

사제들은 신을 모시는 사제임과 동시에 흑마법사들이기도 해서, 입구에서 검문을 위해 설치해 놓은 감지용 마나석에 자신들이 가진 어둠의 마나를 인식시켜 주어야 했다. 일종의 흑마법사 인증이다.

이것은 아주 유용한 인식 장치였는데, 신성 제국에서 제단으로 스파이를 보낸다고 하더라도 이 검문을 통과할 수가 없기 때문이다. 애초에 흑마법 연성을 할 수 없는 자들은 반드시 이 과정에서 걸려들게 되는 것이다.

분명 효율적인 방법이지만, 아쉽게도 내게는 가장 통과가 수월한 장치이기도 했다.

필요한 것은 자연스럽게 입구를 통과할 수 있을 만한 사제의 복장을 하는 것이 전부다. 즉, 시내로 나온 사제를 하나 찾는 것이 필요했다. 그의 복장을 취해야 하니까.

옷은 고급 원단으로 아주 정교하게 만들어지기 때문에 쉽게 복제하기도 힘들뿐더러, 의류 상점 등에서도 사제복을 사사로이 팔지는 않았다. 판매 금지 물품이기 때문이다.

그래서 사제복만큼은 직접 구해야만 했다.

그리고 그 사제는 내가 일을 마치기 전까지는 절대 일을 시끄럽게 만들지 않도록, 손을 확실하게 써놔야 할 것이다.

―이제 좀 기운이 느껴지는 군. 확실히 이곳에 있다. 아직 어디론가 벗어나지 않았어. 점점 기운이 강해지고 있는 것을 보면 저 제단 위의 어딘가에 있는 건 확실해.

아이거에게서도 반응이 온다.

나는 우선 여관 하나를 잡아 먼저 숙소로 삼을 곳을 구한 뒤, 다시 시내로 나왔다. 저녁을 지나 밤이 되자 확실히 인적이 드물어졌다.

단, 더 커지는 소리가 있었는데 바로 페르페논 시내 여기저기서 이뤄지고 있는 군사들의 단체 훈련이었다. 특히 내가 묵은 여관에서 멀지 않은 곳에 있는 대광장에는 수천 명에 달하는 군인이 모여 기본 훈련을 받고 있었다.

대광장 전체를 밝히기 위해 줄줄이 늘어서 있는 수백 개의 횃불은 그야말로 장관이었다. 게다가 대광장 한가운데에는 거대한 마나석이 박힌 조명탑이 있었는데, 라이트 마법진이 설계되어 있는지 밝은 빛이 대광장 전체를 비췄다. 야간에도 얼마든지 훈련을 할 수 있도록 되어 있는 것이다.

"음……."

나는 대광장이 훤히 보이는 언덕길 위에서 훈련 과정을 지켜보며, 계속해서 주변으로 시선을 돌렸다. 하지만 아직까지는 사제의 복장을 한 사람이 보이진 않았다.

"형씨, 여기서 뭐 해요? 애들도 아니고 훈련 구경은 왜 한답니까?"

바로 그때.

언덕길에 앉아 주변을 살피고 있던 내게 누군가가 말을 걸어왔다. 소리에 시선을 돌려보니, 검은 복색에 검 한 자루를 등에 멘 늙은 남자였다.

"좀처럼 보기 힘든 광경이라 지켜보고 있었습니다. 친척 동생 중 하나가 저기서 훈련을 받고 있을 것 같았거든요."

"하… 이번에 징병이 된 모양이네. 음, 제가 실례를 했네요."

"아닙니다. 제국에 충성할 수 있는 기회가 주어졌으니, 그것이 곧 영광인 게지요."

나는 능청스럽게 남자의 말을 받았다. 이런 식의 반응이 대다수의 자르가드 사람이 보이는 반응이다. 오랜 기간의 세뇌 교육이 만들어낸 부산물이기도 하다.

무조건적인 찬양.

그것은 내가 살았던 현대 시대에서의 북한과 크게 다를 것이 없다. 자르가드에서 황제는 신과 동일시되고, 국가는 반드시 충성해야 할 존재로 여겨진다.

이에 반대하거나 반감을 갖는 발언은 불경한 것으로 여겨지기 때문에, 나는 이들의 생활에 맞게 이야기를 꺼낸 것이다.

"후후, 정말 그렇게 생각하는 겁니까? 충성할 수 있으니 영광이라고? 개죽음으로 가는 지름길은 아니고요?"

한데 예상했던 것과 달리 남자의 반응이 날카로웠다. 적의가 물씬 풍겨나는 그의 말에서는 나에 대한 의심마저 느껴지는 듯 했다.

"생각하기 나름이겠죠."

나는 그의 말에 답을 적당히 둘러댔다.

"후후, 그래요. 생각하기 나름이겠죠. 초면에 실례가 많았습니다. 저, 저는 그럼 간 길을 가도록 하지요. 앞으로도 그 충성심 변치 마시길… 바보처럼 말이죠."

남자는 나를 한 번 쓱 흘겨보더니 유유히 언덕길을 따라 어디론가 사라졌다. 그의 말에서는 자르가드에 대한 공공연한 반감이 느껴졌다.

쉽게 볼 수 있는 사람은 아니다.

적어도 초면의 사람에게 속내를 다 내보이는 경우는 두 가지밖에 없다. 의도적으로 상대의 속마음을 떠본 뒤, 검은 속내를 드러냈을 시에 이를 고발하여 배신자를 잡아들이는 자이거나, 혹은 정말 그런 속마음을 가지고 있거나다.

자르가드에서는 수시로 배신자 색출 작업이라는 이름 아래 각 조직, 단체, 사람과 사람 사이에 프락치를 심어놓고 자르가드에 반감을 가진 자들을 잡아들였다. 나 역시 이를 잘 알고 있었기 때문에 그의 말에 정확한 반응을 하지 않은 것이다.

"음."

그가 떠난 지 얼마 되지 않아, 같은 방향의 언덕길 쪽에서 기척이 느껴졌다. 시선을 돌리니 사제복을 입은 남자 하나가 걸어 올라오고 있었다.

나는 빠르게 마나의 기운을 모두 회수하고는 마침 옆에 있던 나무 뒤로 모습을 숨겼다. 사제들은 전부 흑마법사이기 때문에 최소한 마나의 기척을 느끼는 일은 어렵지 않다.

특히 예민한 마법사라면 마나의 간섭이 조금만 일어나더라도 바로 주변에 다른 존재가 있다는 것을 알아차리기 때문에, 나는 아예 마나의 기운을 거둬들인 것이다.

평범한 마법사들이라면 마나의 기운을 100% 거둬들이는 것이 어렵겠지만, 내게는 다행히도 오랜 기간을 단련 한 경험이 있었다.

─저놈이 타깃인 모양이로군. 클클클, 죽일 생각인가?

아이거가 기대에 찬 목소리로 내게 물었다. 예전의 나였다면 많은 것을 망설였을 것이다. 과연 이들의 목숨을 함부로 취해도 되는 것인지, 그렇다면 그게 정당한 것인지.

하지만 지금은 그렇지 않다. 결론부터 말하자면 제거하는 것이 좋다. 내 눈에 띈 그에게는 기구한 운명이겠지만, 그를 살려두는 것은 여러모로 좋을 것이 없다.

깨어난다면 자신의 사제복이 누군가에게 강탈당했다는 것을 알게 될 것이고, 그렇게 되면 자연스럽게 제단에 침입한 누군가가 있었다는 것을 알게 된다.

여기서 적당한 내부 조사로 끝난다면 상관없겠지만, 자르가드의 특성상 이 문제는 신성 제국의 첩자 등의 이야기로 엮어가며 정치적, 전략적으로 이용할 공산이 컸다. 그렇게 되면 쓸데없이 문제가 커지게 된다.

자르가드의 사제들은 모두 어렸을 적부터 뼛속 깊숙이 신성 제국에 대한 증오와 분노를 교육받고 자란 자들이다. 이들은 신성 제국과 전쟁을 치르게 되는 즉시 광란에 찬 살인마가 될 것이다.

붙잡은 신성 제국의 사람이라면 군인, 귀족, 평민, 그 어느 누구를 막론하고 멀쩡하게 살아나갈 수 없다. 그들에게 잡혀가 온갖 기괴한 마법 실험을 당하고 죽임을 당하거나, 여자라면 성노예가 되어 더러운 꼴을 겪을 뿐이다.

모든 사제가 그럴 것이라고 일반화할 수 있겠냐고 생각

하겠지만, 안타깝게도 자르가드의 사제들은 모두가 그러하다. 애초에 신성 제국에 대한 뼛속 가득히 찬 적개심이 없으면 사제로서 경험하게 되는 수많은 자격 심사를 통과할 수 없으니까.

사제들은 통과 의례로 신성 제국 연합에서 납치해 온 일반인이나 군인 포로들을 직접 자신의 손으로 죽이는 의식을 치른다. 즉, 이 사제도 이미 누군가의 피를 손에 묻히고 사제가 된 사람인 것이다.

나는 최대한 숨을 죽인 채, 사제가 나무 앞을 지나가길 기다렸다.

내 기척을 드러내는 순간 끝을 내야 한다.

시간을 조금이라도 지체한다면 생각지도 않은 변수가 발생할 수 있다.

"크으, 취하는군……."

"……."

멀리서 보았을 때는 느끼지 못했는데, 가까이 다가오니 진한 술 냄새가 났다. 본인 스스로도 그렇게 이야기를 하고 있다. 비틀거리는 모습이 가관이다.

사제와 술은 절대 양립할 수 없는 관계다. 즉, 성직자라면 술을 입에 대는 것은 신성 제국이나 마도국 모두 금지되어 있다.

"후아아."

뜨거운 한숨 소리와 함께 비틀거리던 사제가 나무 앞을 막 지나갔다. 완벽하게 기척을 숨긴 내 존재를 눈치채지는 못한 모습이다. 나는 망설일 것 없이 바로 라이트닝 스트라이크를 전개했다.

빠지지직!

일순간에 빠른 회전을 시작한 마나가 바로 반짝이는 전류 구체를 만들어냈다.

그러자 등 뒤에서 마법의 기척을 느낀 사제가 시선을 돌렸다. 하지만 아쉽게도 그것이 그가 두 눈으로 직접 본 현실에서의 마지막 풍경이었다.

"끄아⋯⋯!"

사제가 비명을 채 끝맺기도 전에 나는 사제의 입을 막아버렸다. 이미 온몸에 한가득 감전이 일어난 사제는 눈을 까뒤집은 채, 몸을 부르르 떨고 있었다.

나는 이어서 라이트닝 스트라이크를 한 번 더 전개한 뒤, 이번에는 부들부들 떨고 있는 사제의 머리를 그대로 움켜쥐었다. 한 번에, 그리고 깨끗하게 보내려면 이 방법이 가장 좋다.

빠직!

또 한 번의 섬광이 번쩍이고.

사제는 더 이상 눈을 뜨지 못했다. 죽은 것이다.

라이트닝 스트라이크와 같은 뇌전 계열의 마법들의 장점은 흔적이 많이 남지 않는다는 것이다.

파이어 볼, 파이어 월 같은 화염 계열의 마법들은 전투가 일어난 자리에 불길이라든가 희생자의 옷이 타버린다거나 하는 흔적이 남는다.

하지만 전류의 경우에는 조절만 잘하면 상대를 제거하면서도 그 흔적을 숨길 수가 있었다. 지금 이 자리도 주변의 나무들에 아주 약간의 생채기 정도만이 났을 뿐, 다른 것은 멀쩡했다.

나는 바닥에 널브러져 있는 사제를 좀 더 깊숙한 곳으로 들어 업은 채로 가져왔다. 숨이 끊어진 탓에 평상시의 곱절 이상으로 무거웠지만, 그래도 버틸 만했다.

어두운 달빛 아래서 나는 사제의 옷을 하나하나 벗긴 뒤, 내가 입고 있는 옷과 바꾸어 갈아입었다. 그래야 혹여 이 사제의 시신이 발견된다고 하더라도, 신원을 확인하는 데 시간이 걸릴 테니까. 그리고 품속을 뒤져, 신분을 증명할 만한 것들은 파이어 볼을 캐스팅하여 불길로 태워 없애 버렸다.

준비는 빠르게 끝났다.

방금 전까지 평범한 사람의 모습이었던 나는 어느새 자

르가드의 사제가 되어 있었다. 의도적으로 끌어올린 흑마나의 기운이 몸 전체를 휘감고 있다.

누군가가 내 모습을 본다면, 한 치의 의심도 없이 흑마법사라고 느낄 수 있을 만큼 강렬한 기운이다.

"후우."

옷매무새를 고친 나는 어둠 속에 잘 가려져 있는 사제의 모습을 다시 한 번 확인하고는 빠른 걸음으로 페르페논 제단을 향해 이동하기 시작했다.

―후후후. 재밌어, 재밌어.

아이거의 만족스런 목소리만이 적막이 감도는 내 움직임에 박자를 더하고 있을 뿐이었다.

페르페논 제단의 입구에는 중무장을 한 경비병들이 경계를 서고 있었다. 마도국 자르가드를 상징하는 제단이니만큼 경계는 입구에서부터 삼엄했다.

한밤중이었지만 제단 근처는 온통 환한 빛으로 가득했다. 몇 미터 남짓한 거리를 두고 가로등 역할을 할 조명탑들이 세워져 있었는데, 각 조명탑에는 마나석이 박혀 있어 밤낮으로 빛을 낼 수 있게 되어 있었다.

나는 차분한 표정으로 제단 입구 앞에 다가섰다. 여기서부터 한참을 걸어서 올라가야 도착하는 제단의 정상은 거의 하나의 작은 산과도 같았다.

입구에서 보면 제단 상부는 고개를 완전히 위로 치켜들어야만 볼 수 있는 구조였다. 그만큼 제단은 신에게 가장 가까이 닿아 있고, 지상에서는 떨어져 있는 일종의 바벨탑과도 같았다.

"신의 영광이 함께하시길. 어서 오십시오."

내가 입구 앞으로 다가서자, 경비병 하나가 인사를 올리며 친절하게 눈앞의 마나석을 가리켰다. 이것이 바로 입구의 검문 절차다.

흑마나석이라고도 불리는 이 마나석은 마나의 힘이 담겨져 있어 마나석으로 불리는 것이 아니라, 흑마나에만 반응을 하는 마나석이기 때문에 그렇게 불렸다.

아무런 마나의 반응이 없다면 발광이 일어나지 않고, 백마나가 닿게 되면 연쇄 반응을 일으키면서 색이 투명한 색깔에서 붉게 변하기 시작한다. 흑마나가 접촉되었을 때만 검은 빛으로 변하는 것이다.

때문에 오래전부터 신성 제국에서는 마도국 자르가드에 여러 번 첩자를 보내고, 내부에 그들을 심어놓으려고 했지만 마법사 쪽에서는 번번이 실패했다. 이런 감별 과정을 통과할 수 없었기 때문이다.

그래서 특히나 흑마법사들이 많은 제단 쪽에 대해서는

정보가 부족했다.

"수고가 많습니다."

나는 자연스럽게 인사를 건네며 흑마나석 위로 흑마법의 기운을 불어넣었다. 그러자 투명한 색을 하고 있던 흑마나석이 검게 변하고, 확인이 끝난 경비병이 환히 웃으며 문을 열었다.

"오늘도 제국을 위해 많은 기도를 해주십시오, 사제님."

"물론입니다."

아주 쉽게 입구의 통과 과정은 끝이 났다. 이제는 부지런히 제단을 올라가 아이거의 보석을 찾는 일이 남았다.

*　　　*　　　*

제단의 규모는 상상 이상으로 컸다.

잘 닦인 길을 따라 곳곳에 기도원과 소규모의 작은 제단들이 만들어져 있었고, 그 제단마다 삼삼오오 모인 사제들이 기도를 올리고 있었다.

다들 기도에 열중하고 있는 탓에 사제들은 내가 있는 쪽으로는 아예 시선조차 돌리지 않고 있었다.

─점점 강하게 느껴진다. 하지만 아직은 거리가 있어. 더 올라가야 한다.

아이거의 목소리도 이내 차분해졌다. 목소리에서는 집중해서 보석의 위치를 감지해 보려는 의지가 느껴졌다. 나는 좀 더 발걸음을 높은 곳으로 향했다.

그렇게 얼마나 올랐을까?

숨을 죽이고 주변에서 느껴지는 것에 집중하고 있던 아이거에게서 목소리가 들려왔다.

─이 근처다. 움직이지 않는 것을 보면 어딘가에 보관이 되어 있는 게 틀림없어. 일정한 곳에서 일정한 기운이 강하게 느껴진다.

"거기가 어디인데. 그곳까지 특정할 수는 없는 건가?"

─위치까지 모두 알 수 있었으면 진작 알려줬겠지. 멀어야 100m 안이야. 정말 바로 근처다.

나는 아이거의 말에 주변을 빠르게 둘러보았다. 아래로 보이는 것은 기도원뿐이다. 옆으로는 탁 트인 길만이 보인다. 그렇다면 위. 시선을 위로 돌리자, 자연스럽게 작은 규모의 전시관 같은 곳이 눈에 들어왔다.

"후우."

장소를 확인하자마자 한숨이 먼저 나왔다. 예상은 했지만 조용히 이곳을 빠져나가기가 힘들겠다는 생각이 들었기 때문이다.

*　　　*　　　*

　"주신의 가호가 사제님에게 있으시기를. 야심한 시각에 마음을 어지럽히는 일이 있으신 겁니까?"

　전시관 앞에 도착하자 사제 하나가 내게로 인사를 전했다. 문 안으로 보이는 전시관에는 다양한 물건들이 전시되어 있었다.

　아마도 제단 안에 제단의 역사에 관련된 것들을 진열해 놓은 공간을 마련해 놓은 듯 싶었다.

　30평 남짓한 공간에 다양한 것들이 진열되어 있었는데, 모두 하나 같이 마나석을 이용한 보안 처리가 되어 있었다.

　"마음을 달래기 위해 왔습니다. 이것들과 함께 있다 보면 어지러운 마음도 조금은 신성뇌지 않을끼 싶어서요."

　"후후, 그렇지요. 방해가 되시지 않도록 잠시 문을 닫아 두겠습니다. 신의 뜻을 다시 한 번 되짚어보는 시간이 되시기 바랍니다."

　"감사합니다."

　틀에 박힌 듯한 사제 간의 대화를 마친 뒤, 나는 차분한 발걸음으로 안으로 들어섰다. 기도를 하는 체, 그들이 중얼거릴 법한 말을 하는 것도 잊지 않았다.

　─여기다. 바로 앞에 있군.

들어서자마자 들려온 아이거의 말에 시선을 돌려보니, 전시관 한편에 놓인 진열대 위에 보석 하나가 놓여 있었다. 검은빛의 보석. 아이거가 말하던 자신의 조각이다.

"……."

나는 숨을 죽이고 전시관 내를 둘러보았다. 입구를 지키고 있던 사제는 내가 전시관에 진열된 물품들을 보며 마음을 달래고 있다 생각했는지 살포시 문을 닫았다.

어차피 나를 믿고 문을 닫는 데에는 다 이유가 있다. 전시관 안의 모든 물품에 알람 마법이 걸려 있기 때문이다.

─재밌겠는데.

목표가 눈앞에 있는데 마음 놓고 가져갈 수 있는 상황은 아니다. 아이거는 내가 어떻게 이 문제를 처리할지 궁금한 듯, 기대에 찬 목소리였다.

"목숨 걸고 달릴 준비를 해야겠군."

나는 입술을 질끈 깨물었다.

알람 마법진의 효력 발동을 늦출 방법은 있다. 단, 지금의 내 클래스로는 알람 마법진을 무력화시킬 수는 없다.

알람 마법진을 무력화시키기 위해 디스펠 마법을 걸었다가, 나보다 더 클래스가 높은 마법사가 설계한 알람 마법진인 것이 확인되면 그 자리에서 바로 경보가 울릴 테니까.

도박보다는 최선의 안전 방책을 찾는 것이 좋다. 물론 최선책이라고 해도 10초 정도의 시간을 벌고, 전력을 다해 도망가는 것. 그것이 전부였다.

이곳이 몇몇 마법사들만 있는 곳이었다면 차라리 한바탕 시원하게 싸워봤겠지만, 이곳은 제단이라는 이름으로 사제 '흑마법사' 들이 머물고 있는 신성 제국의 마법 아카데미와도 같은 곳이었다. 아직 화끈하게 싸울 때는 아닌 것이다.

＊　　　＊　　　＊

10분 뒤.

즉석에서 작은 양피지에 임시로 알람 마법진을 만든 나는 완성된 마법진을 다시 한 번 살폈다.

두 개의 알람 마법진이었다.

각각 흑마법, 백마법으로 이루어진 알람 마법진이었는데 충분한 양의 마나를 양피지에 불어넣었기 때문에 제 기능을 하는 것에는 문제가 없었다.

알람 마법진에 다른 알람 마법진이 겹치게 되면 교란 현상이 생기게 되는데, 그 과정에서는 알람 마법진이 즉각 발동되지는 않는다. 거기에 마나의 성질이 다른 마법진이 겹치게 되면, 지연시간이 좀 더 길어진다.

즉, 내가 보석을 갖고 나선다고 하더라도 바로 경보가 울리거나, 알람 마법진이 발동되면서 어떤 형태로든 발현되게 될 신호가 나타나지는 않는다는 것이다. 아주 약간의 딜레이가 존재하게 된다.

―정직하게 갈 생각은 아니겠지?

"정직하게 죽을 생각이 아니고서야."

나는 아이거의 말에 고개를 끄덕였다. 보석의 상태를 보니 쓰임새를 몰라 어딘가에 사용되지도 않았다. 실제로 전시 안내 팻말에 적힌 내용에도 이렇게 적혀 있었다.

제단 설립 당시, 클라디아 공작이 진상한 보석으로 검은색이면서도 광채를 내는 것이 특징이다. 마나석도, 진귀한 보석도 아닌 특이한 광석으로 현재는 관상용으로 쓰이고 있다.

아이거가 없는 한, 이 보석은 팻말에 적힌 말대로 관상용 보석에 불과했다. 세공을 하기에도 껄끄러운 재질이기 때문이다.

"후우."

심호흡을 하고, 나는 신열대 앞에 바짝 다가섰다.

알람 마법진 두 개를 찢는 순간 교란이 일어날 것이고, 그때부터 길어야 10초의 시간이 내게 주어진다. 문을 나서면서 바로 입구에 있던 사제를 처리하고, 제단에서 사선으로 내려오면 보이는 위험한 비탈길을 따라 아래로 내려갈 생각이었다.

헤이스트와 블링크, 그리고 플라이 마법을 적절하게 전개해서 내려간다면 거리를 단축하면서 시선을 피해 도망칠 수 있을 것이다.

내가 입은 옷, 외모 모두 제대로 본 사람은 없다. 제단 입구와 전시관 입구에서 모두 로브로 얼굴을 충분히 가린 상태로 들어갔으니까. 흔적만 남기지 않으면 적어도 '레논'이라는 사람이 추적당할 일은 없다.

ㅡ한숨 자야겠군. 눈 뜨고 나면 어떤 상황일지 기대가 되는데. 죽어 있지만 않길 바란다.

찌익.

아이거의 말이 끝나기가 무섭게 나는 두 개의 양피지를 쭉 찢어버렸다. 그 순간 옅은 섬광이 반짝이며 알람 마법진이 발현됐다.

그리고 바로 진열대에 놓여 있던 보석을 움켜쥐었다. 아이거의 조각, 내가 이곳에 온 목적이었다.

"헤이스트."

나는 미련도 두지 않고 바로 헤이스트를 전개했다. 이제부터는 시간과의 싸움이다.

콰앙!

"사제님! 무슨 일입니까?"

문을 세차게 열어젖히며 전력으로 질주하자, 내 뒷모습을 본 사제가 다급히 나를 불렀다. 나는 고개조차 움직이지 않고, 정면을 보며 전력으로 질주했다.

대로를 따라 달리다가, 이내 주변 조명이 어두워지는 구간이 나오면서 나는 바로 방향을 틀어 비탈길로 향했다. 제단 자체가 피라미드와 비슷한 형태로 지상에서 솟아 있는 구조고, 중앙과 양옆에 수직으로 난 도로를 제외하면 모두가 산이나 다름없는 공간이었다.

"음!"

비탈길로 접어들자, 이내 거의 수직에 가까운 경사 구간이 나왔다. 잘못 달리다가는 그대로 아래로 고꾸라지기 좋은 공간. 나는 바로 허공으로 몸을 날렸다.

플라이 마법을 시전하게 되면 몸을 지면에서 띄울 수는 있지만, 기동성이 현저하게 떨어진다. 그래서 몸을 날린 뒤, 최대한 지면에 가까워질 때까지 두었다가 플라이 마법을 시전하며 안착할 생각이었다.

일반적인 마법사라면 수백, 아니 수천 번은 연습해야 할 수 있을 고난이도 기술. 실수하는 순간 죽음으로 직결되기 때문에 허투루 할 수 없는 기술이다.

파핫!

허공에 몸이 붕 뜨며, 두 다리 아래로 더 이상 닿는 것이 없어지게 됐다. 그리고 저 멀리서 은은하게 비춰오는 제단의 불빛과 달빛만이 전부인 어두운 공간으로 점점 빠져들기 시작했다.

왜애애애애앵!

그 순간, 전시관 쪽에서 시끄러운 경고음이 들리기 시작했다. 보통의 알람 마법진은 조명 등을 이용해 신호를 해주지만, 중요한 물품들을 관리하고 있는 곳이니만큼 소리까지 나게 설계된 듯했다.

아마 몇 초 되지 않아 전시관 앞으로 사제들이 이동해 올 터다. 특히 텔레포트 마법을 자유자재로 구사할 수 있을 6클래스 마법사가 가장 빨리 도착할 터.

어쩌면 가장 중요한 물건들은 그대로 있으니, 무엇이 없어졌는지부터 확인하려고 할 수도 있다. 그러면 시간은 좀 더 벌어진다.

그것은 이미 내 손을 떠난 문제였고, 나는 부지런히 이곳을 떠나는 것만이 최대 과제가 되었다. 아이거의 보석은 내 손 안에 있었다. 남은 것은 살아 돌아가는 것뿐.

반짝반짝.

검은빛 광채를 뿜어내는 아이거의 보석이 전시관에 있었을 때와 달리 좀 더 선명한 빛을 냈다. 보석도 내게 담겨져 있는 아이거의 기운을 아는 것일까.

나는 그렇게 어둠 속으로 떨어지는 몸을 바람과 시간의
흐름에 맡기고 있었다.

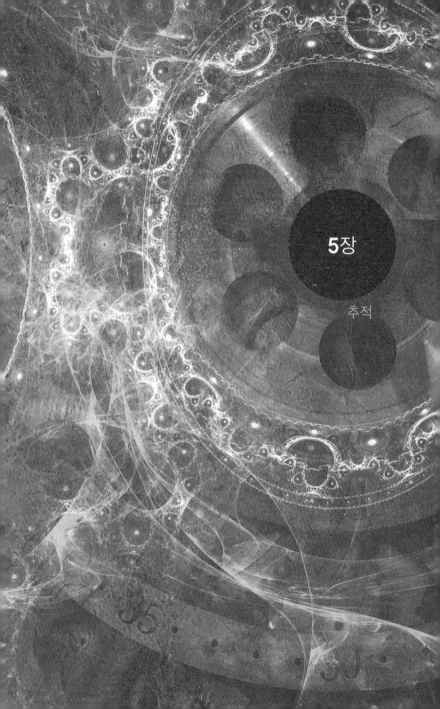

5장

추적

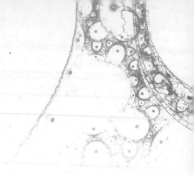

경고음이 늘리고 나서 불과 몇 초도 채 지나지 않아, 여기저기서 라이트 마법을 이용한 조명들이 사방으로 뻗어져 나오기 시작했다.

반응은 즉각적이었다. 한데 라이트 마법으로 밝히는 조명들이 내가 몸을 날린 쪽을 향해서 쏟아져 떨어지고 있었다.

"설마."

혹시나 하는 마음에 나는 보석으로 시선을 돌렸다. 하지만 일단 가장 중요한 것은 착지다.

후우우우웅!

"크윽."

일순간에 플라이 마법을 전개하며 역추진력을 얻자, 그대로 몸에 하중이 실리며 큰 압박이 느껴졌다.

"아슬아슬했군."

하중은 버틸 만한 정도였고, 몸은 아슬아슬하게 지면에서 한 뼘 정도의 거리를 둔 위치에서 멈춰섰다. 아마 조금만 힘조절을 더했거나 덜했더라면 어떤 형태로든 무리가 갔을 것이다.

나는 착지를 끝내자마자 바로 보석을 살폈다. 내가 이동한 방향을 예측이라도 한 것처럼 날아온 라이트 마법이 마음에 걸렸기 때문이다.

"빌어먹을."

보석의 상태를 확인하니 나도 모르게 험한 말이 터져 나왔다. 보석 안에도 아주 작게 알람 마법진이 세공되어 있었던 것이다. 당연히 추적 기능이 존재한다.

아주 미세하게 작은 크기로 만들어져 있어 놓쳤지만, 기능을 하는 마법진이니 위험했다. 이 정도의 작은 크기는 내 수준에서도 빠르게 무력화시킬 수 있는 만큼, 마나를 이용해 마법진의 발동 능력을 해제해 버렸다.

파팟— 팟— 팟!

여기저기서 파공음이 들려왔다.

이 소리는 마법사들이 텔레포트나 블링크 마법을 쓸 때마다 들리는 공간이 뒤틀리는 소리다. 그리고 이 소리는 정확히 내가 떨어진 이쪽 방향으로 향하고 있었다.

그나마 다행인 것은 위치를 특정하고 바로 텔레포트를 전개한 하이클래스의 마법사는 없었다는 것이다. 하지만 보석이 걸린 알람 마법진으로 위치 파악을 했다면 머지않은 시간에 이곳으로의 이동이 끝날 것이다.

블링크와 헤이스트를 섞어가며 이동하고 있는 사제, 그러니까 마법사들은 비탈길을 우회해서 내려오는 형태로 오고 있어 시간이 조금 걸렸다.

비상 상황이긴 해도 목숨을 잃을지도 모르는 고난이도의 이동을 밑편히 할 수 있는 마법사들은 없는 것이다.

하지만 일이 쉽게 풀리지는 않게 됐다. 이미 이동 루트가 발각이 된 데에다가 가장 시선이 적게 집중될 것으로 여겨 선택한 제단의 서쪽 지역은 번화가인 남쪽이나 주거지대의 동쪽과는 달리 산의 연속이었다.

이제부터는 쫓는 자와 쫓기는 자의 그림이 그려질 수밖에 없는 상황. 장거리를 이동할 수 있는 텔레포트 마법이 아직까지 없는 내 입장에서는 긴장을 늦춰서는 안 되는 상황이 됐다.

나는 다시 한 번 로브를 깊숙이 끌어당겨 쓴 뒤 두 눈을 제외한 모든 얼굴과 몸을 가렸다.

파팟! 팟! 팟!

계속해서 제단 위에서는 내 머리 위쪽으로 마법사들이 라이트 마법이 전개된 조명 구체를 날리고 있었다.

그들은 신앙인이었지만 동시에 전투가 가능한 흑마법사들이기도 했고, 움직임은 일사불란했다.

나는 보석을 속주머니에 넣고 완벽하게 매듭을 잠궈 닫은 뒤, 심호흡을 한 번 길게 하고는 전력으로 질주하기 시작했다.

마나의 관리를 효과적으로 한 덕분에 헤이스트와 블링크 마법을 꾸준히 시전해 가며 나는 산속을 이리저리 움직이며 이동했다. 그러다 보니 가장 먼저 추적에서 뒤처진 것이 우회로를 따라 추격해 오던 마법사들이었다.

시간이 지날수록 점점 그들의 시야에서 멀어져 갔고, 어느 순간부터는 마법사들이 전개하는 라이트 마법이 내가 없는 전혀 엉뚱한 방향으로 이어지고 있었다.

하지만 상황이 마냥 순탄하게 흘러간 것은 아니었다. 제단 서쪽에 위치한 산 중턱에 이르러 가쁜 숨을 한 번 고르고 있을 즈음, 바로 옆에서 소환음이 들렸던 것이다.

"……."

"네놈이었구나."

텔레포트 마법을 전개하는 데 걸린 시간을 보면 짧지는 않다. 제단에서 내가 한참을 떨어져 나오는 동안에도 바로 내 눈앞에 나타나지는 못했으니까.

눈앞의 사제는 초기 텔레포트 마법을 시전할 수 있는 5클래스의 흑마법사일 가능성이 컸다. 나보다 한 단계 높은 수치인 것이다.

"매직 미사일."

나는 미련 없이 바로 매직 미사일을 캐스팅했다. 가장 좋은 시나리오는 충돌 없이 이곳을 빠져나가는 것이었지만, 최선의 상황이 항상 찾아오지는 않는다.

검사들이 서로의 검술을 겨룰 때 가장 기본적인 검격으로 상대하듯 마법사도 마찬가지다. 서로의 성향을 살피는 데는 굳이 화려한 마법으로 기선제압을 할 필요가 없다. 마법을 이용해 몇 번의 공수를 주고받고 나면 어느 정도 견적이 나온다.

"블링크."

나를 또렷하게 응시하고 있는 마법사는 별도로 쉴드를 펼칠 생각을 하지 않은 채 블링크 마법으로 손쉽게 매직 미사일을 피해 버렸다.

물론 제3자의 입장에서 보면 '쉽게' 매직 미사일을 피한 것으로 보이겠지만, 등가교환으로 본다면 상대의 손해다. 아주 약간의 마나를 필요로 하는 매직 미사일과 달리 블링크는 집중과 마나의 충분한 소모를 필요로 하기 때문이다.

"……."

그 순간 나는 느꼈다. 이 마법사가 나를 노리고 시전하려는 마법이 무엇인지를.

내 근처에서 스멀스멀 자리를 잡기 시작하는 이질적인 마나의 흐름이 느껴졌기 때문이다. 바로 마나를 매개체로 이용해 순간적으로 주변을 불길로 휩싸이게 만드는 마법, 마나 번(Mana Burn)을 노리고 있는 것이다.

좋은 계획이었지만 방법이 틀렸다.

내가 텔레포트를 쓰지 않았기 때문에 자신보다 클래스가 낮은 마법사라 여겼을 것이고, 때문에 자신의 마나를 적절히 잘 흘려놔도 눈치채지 못할 것이라 생각했을 터다.

하지만 내가 가진 백마법의 힘은 어렵지 않게 주변을 둘러싼 흑마나의 기척에 반응했다.

다른 마법사들은 생각도 할 수 없는 과정. 이질적인 다른 마나로 감지하는 일이 내게는 가능한 것이다.

아마 그 사실을 알았더라면 저 마법사가 이런 선택을 하지 않았겠지만, 모르고 있으니 당연한 선택이었다. 나는 좀 더 마법사의 움직임에 장단을 맞춰주기로 했다.

연기도 손발이 맞아야 흥하는 것이고 그래야 상대도 깜빡 속을 테니까.

내 입장에서도 단번에 일격필살로 제거하기는 껄끄러운만큼, 오히려 상대의 손을 빌려 제거하는 것이 더 수월했다.

짧고 굵은 공방전이 계속했다.

주로 공세적인 입장을 취하는 것은 나였고, 상대는 적당한 방어 마법 등으로 응수하며 계속 마나를 주변에 배치시켰다.

나의 매서운 공격에 버거워하는 척, 놀라는 척을 하며 소위 '밑밥'을 만들어 놓는 모습은 이미 모든 상황을 알고 지켜보는 내 입장에서는 웃긴 일이기도 했다.

"후우. 후우."

제단에서부터 단 한 차례도 쉬지 않고 달려온데다가, 이어진 전투로 체력 소모가 있었던 나는 불가항력으로 터져 나오는 가쁜 숨을 내쉬었다.

그것이 자극이 된 것일까?

수세로 일관하던 마법사가 반격을 해오기 시작했다. 동시에 마나가 짙게 깔린 지역으로 나를 밀어내듯 공격을 퍼붓는 모습이었다.

"크윽! 윽!"

공격은 강력했다. 클래스가 존재하는 만큼, 기본 실력은 출중했다. 전투 마법사로 손색이 없을 정도다.

그래서인지 마법사는 자신감에 찬 공격으로 나를 밀어붙였다. 그리고 내가 점점 밀려나며 자신이 안배를 해놓은 마나 번 지역으로 들어서기 시작하자 눈빛이 더욱 살아났다.

나는 마법사가 마나 번 캐스팅에 들어가기 전까지 아무것도 모르는 것처럼 공격을 받아냈다.

반전의 순간은 잠깐이면 충분했다. 계산된 반전이라면 더더욱 그렇다.

"하아아앗!"

마법사의 일갈과 함께 그의 손끝에서 촉발된 불길이 시작되려는 순간.

파앗—

내 몸이 마법사의 뒤로 향했다. 신속하게 블링크 마법을 전개한 것이다.

"아……?"

그 순간 마법사의 표정이 흙빛으로 변했다. 이미 마나 번의 불길이 자신의 손가락 끝을 타고 시작되고 있었고 나는 위험지대를 벗어나 있었기 때문이다.

여기서는 굳이 마법을 쓸 생각을 할 필요도 없었다. 대비가 전혀 안 되있는 상대에게는 물리적인 힘을 써도 충분하니까.

퍼어억!

"크악!"

발을 뻗어 힘껏 마법사의 등을 밀어 넣자, 중심을 잃은 마법사의 몸이 비틀거리며 그대로 마나 지대에 고꾸라졌다. 동시에 자신의 손에서 시작된 불길이 몸 전체를 감쌌다.

화르르륵! 화르륵! 퍼펑! 펑!

마나 번의 강점은 단순히 불길만 일으키는 것이 아니라, 군데군데 응집된 마나의 지점에서는 크고 작은 폭발이 일어난다는 점이다.

그래서 4클래스 이상의 마법사들은 대(對)마법사 전을 할 때, 항상 상대가 마나 번을 사용하기 위해 안배를 하는지 꼭 확인하곤 했다.

수시로 주변의 마나 흐름을 체감하며 과도한 마나 유입이나 뒤틀림이 있을 경우에는 극도로 경계했다.

"끄아아아아아악!"

마법사의 비명이 터져 나왔다. 저것은 참으려고 해도 참을 수 없는 고통의 비명이다. 저 불길은 끌 수 있는 방법도 제한적이다.

쉴드를 끌어올려 그나마 몸에 방어막을 형성시키는 것이 피해를 최소화하는 방법이지만, 엄청난 고통으로 인해 마법을 전개할 집중조차 할 수 없는 시점에서는 무리였다.

위이이이잉—

바로 그때. 이어서 또 하나의 마법사가 소환되는 소리가 들렸다. 이 근처였다.

아마도 이쯤에 내가 있을 것이라고 예상한 마법사들이 있는 모양이었다. 하지만 안타깝게도 이 마법사는 텔레포트의 이동 시점이 너무나도 좋지 못했다. 굳이 확률을 따지자면 번개를 맞을 확률이라고 할까?

마나 번이 막 전개된 시점에는 마나를 이용해 추가로 범위를 확장하는 것이 가능하다. 즉, 불길의 방향을 좀 더 끌고 올 수 있다는 것이다.

비유를 하자면 활활 타오르고 있는 불길 옆에 휘발유를 부어 길을 만든 뒤, 다른 쪽으로 그 불길을 번지게 할 수 있는 것과 같은 이치다.

내 스스로는 마나 번을 시전할 수가 없다. 5클래스의 마법이니까. 하지만 상대의 시전 덕분에 마법이 활성화되어 있는 상태였고, 나는 흑마나를 이용해 아주 자연스럽게 불길을 끌어올 수 있었다.

타겟은 당연히 소환이 막 이루어지고 있는 눈앞의 흑마

법사에게로였다. 찰나의 시간, 1초도 채 되지 않는 소환의 시간이지만 그 시간이 내게는 아주 충분한 시간이었다.

화르르르륵.

"억, 어억! 크아아아아아악!"

소환과 동시에 불길에 휩싸인 마법사는 어떻게 할 생각도 하지 못한 채, 그대로 걸어다니는 거대한 불덩이가 되어 버렸다. 마나를 최대한으로 끌어내어 연결시켜 놓은 만큼, 살아남는다고 하더라도 온몸에 화상을 입는 중상을 면치 못할 것이다.

그렇게 두 명의 마법사를 신속하게 처리하고 주변을 살폈다. 연이어 추격해 오는 마법사들은 없었다.

하지만 이미 5클래스쯤 되는 마법사들이 내 이동 경로를 예측하고 추격해 올 정도리면, 조용히 자르가드를 뜨겠다는 계획은 폐기하는 것이 당연해 보였다. 로난과의 접점을 만드는 것도 힘들어보인다.

나는 우선 방향을 틀어 좀 더 외진 곳으로 빠지기로 했다. 지금으로서는 마냥 서쪽으로 가는 것도 위험하고, 그렇다고 도심으로 가는 것은 더더욱 위험하다.

그렇다면 아예 제3의 루트를 개척하는 것이 좋아보였던 것이다.

방향을 북쪽으로 변경한 나는 계속해서 이동했다. 확실히 이쯤 되자 추격도 더 이상 없었다. 물론 북으로 올라가면 올라갈수록 스페디스 제국으로 가기 위한 경로인 남쪽과 멀어지고, 기후도 급격하게 변하며 추워지고 있었지만 견딜 만했다.

자르가드에 남긴 나, 그러니까 레논의 흔적은 없었다. 위장된 신분과 가린 복색, 드러난 것은 없다. 응수했던 마법들도 흑마법이니 어디서 왔을지 의심받을 가능성도 적다. 아마도 내부 소행에 포커스를 맞출 것이다.

흑마법사가 백마법을 쓰거나, 반대로 백마법사가 흑마법을 쓴다는 것은 불가능한 일로 여겨진다. 아주 예외적으로 정말 수십만 명의 마법사 중에 하나 정도가 특이하고 사이한 비술을 배워 가능할지도 '모른다'는 생각을 하지만, 현실적으로는 불가능한 것으로 취급한다.

때문에 이 일로 인해 생각지도 않게 자르가드와 스페디스 제국 사이에 전쟁이 발발한다거나 국제적인 문제가 될 가능성은 적었다. 물론 사이가 좋지 않은 두 나라의 관계상, 지금도 이미 언제 터질지 모르는 폭탄인 것은 확실했다.

나는 북쪽의 산악 지대에서 이틀 정도의 시간을 보낸 뒤, 적당한 복색을 갖추고 주변에서 쓸 만한 위조 신분증까지 구한 뒤에 이동할 생각이었다. 전투 과정에서 떨어뜨렸는지 위조 신분증이 보이지 않았던 것이다.

제단을 중심으로 수사망이 점점 뻗어져 나갈 것이고, 이틀 정도 후면 광범위한 수색이 펼쳐질 터. 하지만 나와의 접점을 찾는 것은 쉽지 않은 만큼, 그때에 맞춰 이동하면서 로난을 만나 스페디스 제국으로 돌아갈 생각이었다.

투닥투닥. 화르르륵, 화르르륵.

장작 몇 개를 더 넣자, 동굴 안 모닥불의 불길이 더욱 거세졌다. 산속의 인기척은 없고, 유일한 사람의 손길은 나밖에 없었다.

휘이이이이. 휘이이이이.

동굴 밖으로는 눈보리기 휘몰이치며 강풍이 불고 있었다. 산행 중에 동굴을 찾은 것은 다행이었다. 미련 없이 안에 임시 거처를 마련한 나는 모닥불을 피운 뒤, 걸치고 있는 로브를 이불 삼아 몸을 덮었다. 그러니 험해 보이는 바깥 날씨와는 달리 제법 따뜻하고 훈훈한 기운이 온몸에 감돌았다.

―보석 좀 보자.

한동안 말이 없던 아이거가 다시 말문을 열었다. 나도 계속된 이동과 잠시 머물 만한 곳을 찾느라 잊고 있었던 아이거의 보석을 꺼냈다.

여전히 검은색 빛이 났다. 검은색이라는 어두운 느낌과는 달리 반짝임이 있었는데, 그 때문인지 마냥 칙칙하고 어둡다는 느낌은 들지 않았다.

"이게 네가 남긴 조각 중 하나라고 했지?"

─비유를 하자면 잘라놓은 내 사지의 한 부위를 잘라다가 붙인 것과 같지. 지금 네 정신과 육체와 결합한 부위가 내 몸통이라면, 이건 양팔 정도가 된다.

"얘기나 해보자. 왜 이렇게 구분을 해뒀는지. 차라리 한 곳에 모아뒀으면 더 좋았을 텐데."

─후후, 내가 하고 싶은 일을 하는데 이유가 있나? 내 영혼을 봉인하면서 생각했었어. 훗날 누군가와 계약을 하게 되었을 때 단번에 힘을 찾는 것보다는 단계적으로 하나씩 찾아가는 게 더 재밌을 것 같았지. 새로운 삶을 사는 재미는 그런 거잖아, 예전과는 다른 점을 찾는 것.

"하지만 그렇게 되지 않았지."

나는 아이거의 정곡을 찔렀다. 계약으로 내 육체와 영혼을 잠식하려다가 실패한 것을 말하는 것이다.

─맞아, 그렇게 되진 않았지. 하지만 너를 통해서 얼마든지 이 조각들을 찾을 수 있고, 이것은 너를 더욱 강하게 만들어주지. 계약, 그리고 내가 남긴 조각들은 내가 평생 동

안 연성한 마법의 집약체야. 너는 강해져야만 하는 이유가 있고, 내게는 그걸 지켜볼 수 있는 재미라는 것이 있지. 의도했던 건 아니지만, 결과적으로는 재밌어지지 않았나?

"덕분에 죽을 고비를 여러 번 넘기게 되겠지. 제단은 차라리 쉬운 편에 속해. 오크 로드, 그리고 드래곤 레어. 이런 곳은 옆집 드나들 듯이 들어갈 수 있는 곳은 아니야."

ㅡ평범한 사람이라면 그렇겠지. 하지만 넌 평범하지 않아. 이 세상에서 너처럼 흑마법과 백마법을 함께 구사하고 연성할 수 있는 사람은 없다. 레논, 너는 과거의 삶을 통해 나에 대한 정보를 얻었고, 이번 삶에서 보기 좋게 한 방을 먹였지. 그렇다면 과거와 달리 당한 내 입장에서도 볼 만한 재미 하나쯤을 가지고 있는 것도 괜찮지 않을까?

"그 말, 상당히 불쌍하게 들리는데."

ㅡ후후, 인정하지, 인정해. 어쨌든 구분해 둔 것에 딱히 이유는 없어. 재미 요소로 했을 뿐이야. 결과적으로는 힘든 여정이 될 가능성이 커 보이지만 말이야. 클클클.

"그럼 조각이 가진 능력을 내게 가져와 보자. 얼마나 강해질지, 이것만큼은 짐작이 안 되는군."

아이거와의 본 계약에 대한 기억만 있을 뿐, 조각들에 대한 기억은 전혀 없다. 아이거로부터 들은 바도 없다.

그래서 기대가 됐다. 적어도 지금보다는 더 강해질 수 있을 것이고, 이것은 과거의 삶보다 더욱 빠른 변화다. 아주 많은 시간이 단축되는 것이다.

—늘 그렇듯, 어느 정도 각오는 해둬라.

아이거의 말에 나는 고개를 끄덕였다. 여기서 말하는 각오란, 새로운 능력을 받아들이는 과정에서 몸에 강하게 실릴 부담에 대한 것이다.

새삼스러울 것도 없는 일이다. 고통은 사람이 가장 피하고 싶은 경험에 속하지만, 그것도 자주 겪는 입장이 되면 자연스러운 것이 된다. 고통이 어떻게 자연스러울 수 있냐고 반문할 수도 있겠지만, 사람은 적응을 하는 동물이기에 무서운 법이다.

—보석에 손을 얹고, 계약의 주문을 외우면 돼. 기억하고 있겠지?

"잊어버릴 수가 없지."

살면서 수십 번도 넘게 읊고 떠올렸던 주문이다. 나는 아이거의 말에 따라 보석 위에 손을 얹은 뒤, 천천히 주문을 외우기 시작했다.

주문의 구절들이 한 줄 한 줄 외워질 때마다, 동굴 안의 기운이 심상치 않게 흘러갔다. 보석과 내 몸을 중심으로 회전하기 시작한 무형의 기운들이 이내 보석에서 흘러나온 검은빛 연무와 뒤섞여 검게 변하기 시작하고, 모닥불로 환히 밝혀졌던 동굴 안은 어느새 어두컴컴한 공간이 되어버렸다.

나는 계속해서 주문을 외웠다. 그러자 마치 진공처럼 갇혀 버린 공간 속에서 보석이 쉴 새 없이 반짝이더니, 이내 내 손끝을 타고 안에 담겨져 있던 기운을 폭발적으로 몸 안으로 쏟아내기 시작했다.

"크윽."

몸 안으로 파고 들어오는 기운. 그 묵직함과 고통이 함께 느껴진다.

고통에 익숙하다고 해서 고통을 느끼지 못하는 것은 아니다. 좁은 마나 로드를 비집고 다량의 마나가 쏟아져 들어오자, 온몸이 터져 나갈 것 같은 고통이 찾아왔다.

나는 입술을 질끈 깨문 채로 고통을 받아내며, 체내로 들어온 보석 속의 마나가 갈 길을 찾고 빠르게 회전하기를 기다렸다. 여기서 비명을 지른다고 해서 덜 아픈 것도 아니고, 오히려 괜한 '엄살'은 집중력을 떨어뜨려 완벽하게 소화할 수 없게 만든다.

즉, 체내로 들어온 새로운 기운이 소실되지 않고 100% 완벽하게 흡수되려면, 그 과정을 모두 느끼면서 받아들이는 것이 중요했다. 내게 있어서 단 0.1%라도 손해를 보는 것은 그만큼의 시간을 뒤로 늦추는 것과도 같다.

아이거와의 계약 당시에 몸 전체의 마나로드 재편과 재구축이 이루어졌다면, 지금은 단순히 마나만을 받아들이는 것이기 때문에 이 고통 하나만 버텨내는 것에 집중하면 됐다.

하지만 시간이 점점 흐르기 시작하자, 고통의 강도가 급격히 상승하기 시작했다.

"크윽……."

절로 신음이 터져 나왔다.

─단순한 게 더 고통스럽다니까.

내가 받아들이는 고통의 변화를 느꼈는지, 아이거가 마치 '고소하다'는 듯한 말투로 말을 이었다.

느껴지는 마나의 양이 상당했다. 동시에 마나 홀에 가해지는 압력이 상승하면서, 자연스럽게 마나 홀의 규모가 커지기 시작했다. 전체 클래스의 변화가 생기고 있는 것이다.

"크으으으윽."

더욱 심해진 고통에 입술을 세게 깨물자, 입가를 타고 붉은 피가 주르륵 흘러내렸다. 하지만 거기에 신경 쓸 새는 없었다. 나는 더욱 정신을 집중했다.

쿵! 쾅! 쿵쿵! 쾅쾅!

심장이 터질듯이 맥동하며, 마나의 움직임이 있을 때마다 온몸으로 뜨거운 피를 뿌려댔다. 마나 로드와 혈관은 같은 개념이 아니지만, 심장과 동화된 마나 홀로 인해 흐름이 비슷해진 것이다.

나는 묵묵히 버텨냈다.

방금 전까지 고통쯤이야 얼마든지 버틸 만한 것… 이라고 생각했던 내 여유를 무색하게 만드는 극통이었지만, 그렇다고 정신 줄 놓고 까무러칠 정도까진 아니었다.

그렇게 버티기를 약 10분여.

"크아아아악!"

최후의 고통이 이어지고, 이때만큼은 나도 더 이상은 참아내지 못하고 신음을 길게 터뜨렸다.

그리고 모든 것이 끝났다.

내 주변을 감싸고 있던 어두운 공간이 사라지고, 이내 모닥불이 피어오르는 환한 동굴 안이 온전히 모습을 드러냈다.

"하아. 하아. 하아."

거칠고도 뜨거운 숨결이 터져 나왔다.

나는 지면을 두 팔로 짚고 지탱한 채로 고통 섞인 숨을 토해냈다. 확실하게 일어난 몸의 변화. 아주 잠깐의 시간이었지만 거의 탈진에 가까운 상태까지 휘말릴 정도로 강렬한 변화였다.

"하악. 하악. 하아악."

나는 계속해서 숨을 거칠게 뱉어내며, 호흡을 골랐다. 그렇게 안정기를 가지기를 약 10분여. 가쁜 숨이 어느 정도 안정을 찾을 즈음, 나는 몸에 일어난 변화를 하나하나 점검해 나가기 시작했다.

―스스로 느껴 봐. 어느 정도의 변화가 있었을지.

아이거가 기대에 찬 목소리로 말했다. 한편으로는 '내 덕분이니 감사해라'는 듯한 뉘앙스도 섞여 있었다. 아이거다운 말이다.

우선 마나 로드에는 변함이 없었다. 즉, 흑마법과 백마법을 동시에 연성하는 구조에는 변화가 없다는 이야기다.

그 다음으로 마나 홀. 전체 총량이 커지면서 자연스럽게 보유 가능한 마나의 양이 늘어났다. 즉, 클래스의 변화가 일어난 것이다.

나는 바로 두 눈을 감고 정신을 집중했다.

마법 하나를 캐스팅하기 위함이었다.

위이이이이잉―

이내 소환 음이 울리고, 동굴 깊숙한 곳에 자리를 잡고 있던 내 몸의 위치가 바뀌었다. 주변을 구성하고 있는 공간이 달라진 것이다.

"6클래스… 6클래스인가. 진입 단계의……. 두 클래스가 올라갔어."

확인은 빠르게 끝났다.

6클래스의 원거리 이동 마법인 텔레포트가 무난하게 시전 됐다. 물론 시전과 동시에 마나의 90% 이상이 소진될 정도로 소모가 심했지만, 중요한 것은 6클래스의 마법을 시전할 수 있다는 것이었다.

예상했던 것을 훨씬 뛰어넘는 변화였다.

아이거 앞에서는 좀처럼 감정을 대놓고 드러내지 않는 나도 입가가 환해질 만큼 엄청난 변화였다. 4서클에서 6서클. 일반 마법사들에게는 수십 년이 걸릴 수도 있는 시간을 단숨에 단축해 버린 것이다.

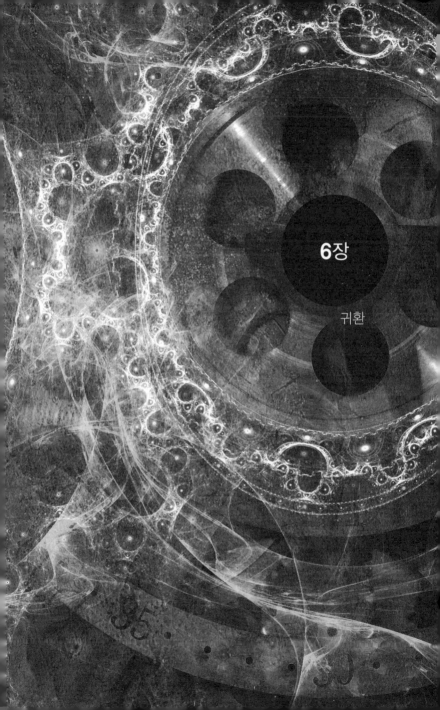

6장

귀환

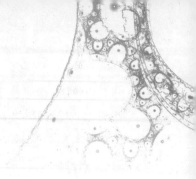

　나는 아직 분안정한 몸 상태를 바로잡기 위해 좀 더 휴식의 시간을 가졌다. 마나 로드 몇몇 부분에서 불안정한 마나의 흐름이 느껴졌기 때문이다.

　생전의 아이거가 이루었던 성취와 경지, 마나를 생각한다면 아직 발전의 요소는 더 남아 있었다. 남아 있는 조각이 두 개 더 있기 때문이다.

　물론 남은 조각을 더 얻는다고 해서 지금처럼 6클래스가 8클래스, 8클래스가 9클래스가 되는 비약적인 상승은 없을 것이다. 하지만 클래스의 변화가 없더라도, 이렇게 마나의 총량이 대폭 상승한다면 나에게는 플러스인 소식이었다. 손해 볼 것은 없는 것이다.

―만족스러워 보이는데.

"당연히."

아이거의 말에 나는 고개를 끄덕였다. 충만해진 마나의 기운은 굳이 느끼려 하지 않아도 느껴졌다. 마법사에게 있어서 마나라는 것은 그 어느것보다도 중요한 자산이다.

비유를 하자면 장사꾼에게 더 많은 돈이 있는 것과 같다. 부족하다고 해도 어떻게든 꾸려갈 수는 있겠지만, 이왕이면 다다익선인 것이다.

이제 과거와 제법 다른 그림이 그려지고 있다.

용병단을 들어온 시점에서 크리스티나를 만나면서 살짝 변했던 흐름은 내가 자르가드에 잠입하고, 이렇게 6클래스의 힘을 얻으면서 더욱 달라졌다.

내게는 이미 과거의 경험들이 있다.

그리고 과거의 경험을 토대로 한 기억들이 굵직한 부분들에서는 들어맞는 경우가 있지만, 과거와 다른 변화가 있을 경우 마치 나비효과처럼 그 이후의 삶이 달라진다는 것 역시 알고 있었다.

지난 과거의 삶에서 내가 가장 빠르게 6클래스에 진입했던 것은 지금으로부터 5년 후, 그러니까 23세가 되었을 때의 일이다. 그때는 아예 작정하고 계속 마법 수련에만 전념을 했었고, 속성(速成)이 가능한 흑마법에 몰두했었기 때문이다.

그렇게 꼬박 5년을 투자해서 만들었던 것이 6클래스의 몸이었다. 먹고 자는 것 이외에는 오로지 마법만을 생각하고 만든 경지였던 것이다.

하지만 이번에는 경우가 좀 달랐다.

무조건적인 시간 활용을 필요로 하지도 않았고, 위험하긴 했어도 결국 성공적으로 일을 마무리 지었다. 그리고 자연스럽게 6클래스에 진입했다.

스페디스 제국으로 돌아가는 동안, 이제 더 강해진 힘을 어떻게 사용할지에 대해 확실하게 매듭지을 필요가 있었다. 그리고 가장 먼저 신경이 쓰이는 것은 역시 블랙 오크들이었다.

과거의 삶에서 인간들과 이종족 간의 전쟁이 발발하지 않았던 적은 없었다.

이것은 정해진 운명과도 같아서 내가 백방으로 손을 써 보았지만 단 한 번도 막지 못했다. 마치 심판의 날이라도 있는 것처럼, 이종족과의 전쟁은 이른 시기에 혹은 늦은 시기에라도 반드시 벌어졌다.

때로는 직접 드래곤 로드를 만나 설득해 보기도 하고, 다른 종족들을 자극할 만한 요소들을 모두 차단하기 위해 각 국을 돌아다니며 손을 써보기도 했지만⋯ 원하는 대로 돌아가진 않았다. 전쟁은 반드시 일어났다.

바로 그 전쟁의 포문을 여는 것이 항상 블랙 오크들이었다. 블랙 오크에 대해서도 내가 손을 써보지 않았던 것이 아니다. 목숨을 걸고 오크들의 땅에 들어가, 오크들의 왕, 즉 오크 로드(Orc Lord)인 게우게스를 죽인 적도 있었다.

가장 호전적이고 인간들에게 적대감을 가지고 있는 그가 사라진다면, 전쟁을 늦추거나 혹은 설득할 만한 여지가 생기지 않을까 하는 판단에서였다.

하지만 그것은 오산이었다. 오히려 그것이 오크들의 적대감을 더욱 크게 자극해서 결집시키는 효과를 낳았고, 더 큰 전쟁으로 이어졌다. 어떻게 해도 오크들은 반드시 인간들의 땅을 침범했다.

그래서 돌아가는 대로 오크들의 땅을 방문해 보고 이후의 안배를 할 예정이었다.

만약 심상치 않은 조짐이 보이기 시작한다면, 스페디스 제국이 이를 대비할 수 있게 해야 한다. 지금의 스페디스 제국은 대륙 내의 최대 강국이었지만 속 빈 강정이었다.

스페디스 제국이 구심점으로 자리를 확고하게 잡지 못하면 흔들릴 수밖에 없다. 과거의 경험을 토대로 본다고 해도, 스페디스 제국이 전쟁에 대한 대비가 되어 있지 않던 상황에서 이종족과의 전쟁을 승리로 이끈 적은 단 한 번도 없었다.

오히려 스페디스 제국을 블랙 오크들이 침공하는 순간, 이를 기회 삼아 다른 동맹국들이 스페디스 제국을 공격하는 웃지 못할 일도 있었다.

물론 초기에는 사방에서 공격을 받는 스페디스 제국이 패전을 거듭하면서 다른 국가들의 영토가 넓어지는 효과가 있었다. 아마 그쯤에서 소기의 목적을 달성했다고 생각했을 터다.

하지만 스페디스 제국이 몰락하자, 블랙 오크들의 타깃은 바로 다른 국가들로 이어졌다. 이어서 드래곤들이 산맥을 넘었고, 남동쪽에서 숨을 죽이고 살던 다크 엘프들도 인간들의 영역을 넘어왔다.

결과는 불을 보듯 뻔한 일.

결국 대륙의 패권은 드래곤들에게 넘어갔고, 드래곤들이 신경 쓰지 않는 지역은 온통 블랙 오크와 다크 엘프, 그리고 수많은 몬스터가 잠식한 공간이 되었다.

생존한 사람들은 극히 제한된 구역이나 불모지 등으로 피신하여 살거나, 배를 타고 이스티 대륙으로 피난을 갔다. 그러나 이스티 대륙으로 가는 항로에는 악명 높은 해협이 많아, 중간에 대다수가 물귀신이 되어 목숨을 잃었다. 나 역시 집요한 드래곤들의 추격 속에 결국 목숨을 잃었고 말이다.

내가 돌아가는 대로 해야 할 일은 크게 세 가지다.

첫째, 오크들의 땅을 탐색하여 현재 상태를 알아보는 것.

둘째, 상황에 맞게 용병단에서의 인연을 좀 더 이어갈지, 아니면 스페디스 제국이 이를 대비할 수 있도록 하기 위해 연계할 방법을 찾는 것.

셋째, 중요한 정보들을 다시 수집하며 예전의 내가 알고 있던 것과 달라진 것이 얼마나 많은지 점검할 것.

이렇게 세 가지를 할 필요가 있었다.

＊　　　＊　　　＊

―얼마나 이동 거리를 뽑으려고.

"최대한. 굳이 움직이면서 노출을 할 필요가 없으니까."

동굴 안에서 충분한 휴식을 취한 나는 당초 이틀 후로 계획했던 이동 일정을 당겼다. 어느 정도의 마법적인 상승을 예상하긴 했지만, 5클래스 선에서 멈출 것이라 여겼기 때문이다.

이렇게 된 이상, 최대한 장거리 텔레포트를 이용해 도시로 들어간 뒤 도보로 로난에게 가는 것이 나았다.

텔레포트의 거리는 마법 발현에 집중한 시간과 정도에 비례한다. 그리고 텔레포트가 시전된 직후, 도착한 지점에서 얼마나 빠르게 반응을 하느냐에 따라 상황이 달라진다.

우선 급하게 제대로 집중하지도 않고 막무가내로 텔레포트를 시전하면 이동 지점에서 예상하지 못한 일에 부딪힐 가능성이 컸다.

가장 위험한 상황은 바로 어떤 물체가 있는 공간에 텔레포트가 되어 끼어버리는 일이었다. 순화된 표현으로야 끼어버리는 것이지만, 쉽게 말하자면 개죽음이다.

만약 가로로 된 기둥이 있는 곳의 한가운데에 몸이 소환된다고 가정해 보자. 그대로 기둥에 꽂힌 시체가 되는 것이다

그래서 실제로 몇몇 마법사들은 텔레포트가 가진 맹점을 잘 알지 못하고, 6클래스가 되는 순간 감격에 겨워 텔레포트를 시전하다가 죽는 일들이 예전에는 제법 있었다. 전해 들으면 웃음이 나는 일이지만, 실제로는 꽤 심각했던 문제였다.

위험에 빠지지 않는 방법은 간단하다. 집중의 기간을 충분히 가져가면 된다. 그렇게 되면 이동이 완료될 지점의 마나의 흐름을 간접적으로 느낄 수 있고, 물체의 유무 정도는

알 수 있기 때문이다.

물체가 없는 것으로 판단될 경우에는 이동을 하면 되고, 있다고 판단이 되면 텔레포트 시전을 취소하면 된다. 그럼 다시 마나를 모아야 되긴 하겠지만, 그렇다고 이동을 강행해서 개죽음을 당하는 것보다는 낫다.

"우선은 옷부터 새로 장만해야겠군. 좋은 복장은 아닌듯 하니."

나는 이동을 완료해는 대로 그 도시에서 필요한 옷가지들과 신분증을 다시 구하기로 했다. 자금은 충분했다. 그리고 자르가드에는 이런 일들을 해줄 사람이 얼마든지 많다.

"그럼 이동해 볼까?"

시간은 어느덧 흘러, 아침을 앞두고 있었다. 아직까지는 어둡기 때문에도 텔레포트를 이용해 움직이기에는 더할 나위 없이 좋은 시간이다.

나는 정신을 한 번 더 집중하고, 텔레포트를 갈무리하기 위해 마지막으로 마나를 끌어올렸다. 느껴지는 것은 없다. 아주 깔끔하다. 안전지대인 것이다.

파앗! 파아앗! 위이이잉!

일순간 공간이 일그러지는 소리와 함께 소환음이 들리더니, 다시 주변의 공간이 재조합되며 모든 것이 정상으로 돌아오기 시작한다.

그리고 나는 어느새 깊고 어둡고 인적이 드문 산속에서 사람들의 기척이 느껴지는 도시 한가운데에 도착해 있었다.

*　　　*　　　*

나는 이른 아침부터 부지런히 문을 열기 시작한 의류점에서 깔끔한 옷을 구한 뒤, 갈아 입었다. 누가 봐도 부잣집 도련님으로 보기에 딱 좋은 복장이었다.

그런 다음 어지럽게 헝클어진 머리를 단정하게 다듬고, 층을 내어 스타일에도 변화를 주었다. 머리숱도 말끔히 쳐냈다.

그리고 이어서 암시장에서 신분증을 하나 구했다. 내게 먼저 접근해 온 몇몇 업자들의 신분증을 살펴보니 엉성한 점이 많았는데, 가장 구석에서 조용히 장사를 하고 있던 업자에게 맡기니 완성도가 괜찮았다. 물론 충분한 보수를 지급하는 것도 잊지 않았다.

자르가드는 온갖 유령 신분, 위조 신분이 난무하는 곳이다. 너무 오랜 기간 동안 이런 것들이 생활 깊숙하게 박혀버려서, 자르가드 자체에서도 문제를 알고 있으면서도 뿌리를 뽑지 못했다. 지금은 사실상 공공연한 비밀이 된 암시장과 같았다.

어렵지 않게 신분과 이름 세탁을 끝낸 나는 로난을 향해 이동하기 시작했다.

마음 같아서는 계속해서 장거리 텔레포트를 이용하고 싶었지만, 장거리 텔레포트는 나뿐만이 아니라 상당량의 주변 마나를 소진하게 만드는 마법이었다.

즉, 주변에 마나의 흐름을 감지할 수 있는 마법사가 있을 경우에는 간섭이 일어날 수도 있다는 이야기다. 텔레포트가 방해를 받아 실패하거나, 전혀 엉뚱한 지점으로 가게 될 수도 있다.

이곳은 자르가드의 수도 페르페논에서 그리 멀지 않은 곳으로 안전하다고 보기는 힘든 곳이었다. 나는 충분한 거리를 직접 이동한 뒤, 적당한 위치를 찾아 또다시 장거리 텔레포트를 이용할 생각이었다.

굳이 서두를 필요까지는 없었다.

강해지기 위한 목적은 달성했고, 보석은 이제 내 손을 떠났다. 한줌의 부스러진 가루가 되어버렸고, 안에 있던 기운은 모두 내게 흡수되었기 때문이다. 그렇다면 안전히 빠져나가는 것만 생각하면 됐다.

나는 그 이후로 몇 개의 관문을 지나가며, 경비병들에게 위조된 신분증을 보여주었다. 그중 어느 누구도 신분증이 위조되었다는 사실을 알아차리지 못했다.

일일이 명부를 대조해 가면서 살펴본다면 찾을 수 있겠지만, 그런 수고로움을 매 검문 때마다 하려는 경비병들은 단 하나도 없었다. 오히려 수고비 조로 조용히 몇 푼 챙겨 주면, 그 검문 절차마저도 속전속결로 통과시켜 주는 것들이 그들이었다.

그렇게 부지런히 이동하기를 이틀.

나는 다음 날을 즈음해서 장거리 텔레포트를 시전해 빠져나가기로 마음을 먹고는 세비에르라는 마을의 한 여관에 자리를 잡았다. 마을이었지만 규모가 상당히 큰 곳으로 관광도시 지대에 위치해 있어 유동인구가 상당히 많은 곳이었다.

그래서일까?

시기적절하게도 내가 여관에 막 자리를 마련한 시점에 상당한 규모의 병사들과 마법사들이 일거에 여관 안으로 들이닥쳤다. 이유는 예상했던 대로 페르페논 신전에서 보석을 훔쳐 달아난 사제에 대한 추격이었다.

─후후, 조용히 지나가지는 않는군.

"어차피 걸릴 건 하나도 없어."

2층에 자리를 잡은 나는, 여관 1층 로비에서 수색장을 앞으로 내밀고는 불시에 투숙객들을 검문하고 있는 병사들을 보며 미소를 지었다.

타이밍은 좋았지만, 이미 모든 상황은 종료된 후였다.

아무리 찾아봐도 보석의 흔적을 찾을 수는 없을 것이다. 내 몸 속에 들어오지 않는 한은 말이다.

예상대로 수색은 쉽게 끝이 났다.

제단에 있었을 때와 헤어스타일부터해서 복장, 기척까지 모두 바꾼 내 모습을 알아보는 자들은 없었다. 워낙에 광범위하게 수색을 하다 보니, 당시 제단에 있었던 사제들이 여기까지는 오지 못했던 모양이었다.

위기 아닌 위기를 넘긴 나는 여관에서 머물려던 계획을 접고, 새벽녘에 마을을 빠져나와 인근의 조용한 야산으로 향했다. 그리고 텔레포트를 준비한 뒤 시전했고, 로난이 있을 마을까지 어렵지 않게 도착할 수 있었다.

이제 그와 스페디스 제국으로 돌아가면 끝나는 일이다.

나는 내가 국경을 넘어왔던 방법과 달리, 로난은 과연 어떤 방식으로 국경지대를 넘어갈지 궁금해졌다.

마법사인 내게는 해결책이 마법이었지만.

과연 장사꾼인 그에게는 어떤 해결책이 있는 것일까?

돈? 아니면 다른 것?

빨리 로난을 만나보고 싶었다. 그는 까면 깔수록 양파처럼 계속해서 속이 벗겨져 나오는 사람이었으니까.

"일은 잘 끝나셨나요?"

"이렇게 눈앞에 있지 않습니까?"

"하하하, 그렇죠. 근데 좀 흥미로운 사실을 하나 알게 되어서 말이죠. 지금 자르가드가 떠들썩하더군요. 페르페논 제단에서 누가 중요한 물건 하나를 훔쳐서 달아났다고 하던데, 그것과 레논 님의 연관성이……?"

"없습니다."

"후후, 깊게는 묻지 않겠습니다."

정보에 민감한 장사꾼답게 로난의 눈치는 빨랐다.

시기적으로나 어떻게 봐서도 나와 연관성을 생각해 보기에 충분한 상황이었기 때문에 연결고리를 만드는 것이 당연했다.

로난의 상점에 돌아오니 상점 가득히 채워져 있던 물건들이 대부분 팔리고 없었다. 그리고 이제 막 들어온 손님들이 얼마 남아 있지 않던 물건들을 구매하고는 나가려고 하고 있었다.

"한두 시간 정도면 정리됩니다. 그 동안만 기다려 주시면 될 것 같습니다."

"그렇게 하죠."

나는 로난의 말에 고개를 끄덕이고는 잠시 밖으로 나왔

다. 굳이 장사를 하는 현장에서 멀뚱멀뚱 서 있어봤자 할 게 따로 있는 것도 아니었다.

로난이 마무리를 하도록 기다리는 동안, 나는 예전의 기억들을 되짚어보았다. 아무리 기억력이 좋다고 해도 이따금씩 잊어버리는 것들이 생기곤 하는데, 나 같은 경우에는 기억이 섞이는 일들이 많았다.

99번의 삶을 살다보면, 똑같은 상황에서 전혀 다른 경우가 발생하는 일이 종종 있게 마련이다. 이런 기억들이 뒤섞이게 되면, 나중에 이르러 기억을 떠올렸을 때 어떤 일이었었는지 기억이 잘 나지 않는 일이 종종 생긴다.

그래서 기억이 왜곡되지 않게 하려면 수시로 헷갈릴 만한 기억들을 되새겨 둘 필요가 있었다. 과거의 삶을 기록해서 다음 생으로 넘길 수 있는 능력이 있었다면 더할 나위 없이 좋았겠지만, 그런 꼼수를 허락할 '그'는 아니었다.

외부로 시선을 돌리면 당장에 이종족들이 눈에 들어오는 게 사실이지만, 걱정해야 될 부분은 더 있다. 바로 스페디스 제국 내부의 사정이다.

먼저 스페디스 제국의 황제 테미르 7세.

그는 제대로 된 황위 승계 절차와 교육을 받지 못한 상태로 황제가 되었기 때문에 아는 것이 적었다. 그리고 천성이 놀고 즐기는 것을 좋아해 복잡하게 생각하는 것을 싫어했는데, 그 빈틈을 파고든 케플린 공작이 테미르 7세를 허수아비에 가까운 존재로 만들어 버렸다.

테미르 7세는 앞으로도 기대를 하지 않는 것이 좋다. 그가 갑자기 크나큰 심경의 변화를 겪어 성군이 된다거나, 혹은 강력한 리더십으로 제국을 꾸려나간다거나 하는 미래는… 가능성이 매우 적었다. 정말 적었다.

한 가지 다행인 점은 자기 자신이 놀고먹는 것만 문제없게 해주면, 마음에 들지 않는 신하들을 좌천시키거나 죽인다거나, 혹은 피바람을 불러일으킬 만한 일은 하지 않는다는 것이다.

그 다음은 케플린 공작.

얼마 전 로이니아의 아버지인 소렌 남작이 그의 사촌 여동생과 재혼을 하게 되었다고 해서 더욱 신경이 쓰이게 된 인물이다.

기본적으로 케플린 공작은 온갖 부정부패의 중심에 있는 인물이다. 그런 이유로 가지고 있는 커넥션도 상당히 많고 비호 세력도 상당하다.

장기적으로 봤을 때 케플린 공작은 죽이는 게 낫다. 그는 나라를 위해 충성은 하되, 제국의 안녕을 바라는 사람은 아니었다. 오히려 제국이 국내외적으로 다소 불안정한 상황에 항상 처해 있기를 바랐다.

그래야 정치적으로 상황을 이용하면서 반대파들을 견제하고 숙청하는 한편, 자신에게 유리하게 정국을 이끌어나갈 수 있기 때문이다.

마음 같아서는 단번에 그의 일파들을 제거하고 싶지만, 지금의 나로서는 불가능한 일이다. 케플린도 7클래스에서 8클래스 진입을 앞둔 마법사인데다가, 비호 세력 중에는 마스터급의 경지에 오른 기사들도 있다. 가장 위험한 조합이다.

그래서 지금은 케플린의 악행에 대해 어느 정도는 잠시 눈을 감아두고, 손을 잡는 타협점을 찾아야 했다. 케플린 자체는 쓸모가 없을지 몰라도, 그의 인맥 중에는 유능한 인재들이 많았기 때문이다.

지속적이고 오랜 전쟁을 치르기 위해서는 유능한 군인들은 반드시 필요했다. 다만 그렇다고 해서 케플린의 밑으로 들어가거나, 수하가 되는 것은 해서는 안 될 일이었다.

수면위로 드러나지만 않았을 뿐, 점점 케플린의 전횡에 대한 반감은 고조되고 있는 상황이었다. 특히 젊은 군인들과 마법사들의 반감이 높았다.

내가 케플린의 아래로 들어가 버리면, 제국의 미래를 꾸려 나갈 그들에게는 그저 잘나가는 세력가 밑에서 떨어지는 고물이나 먹어보려는 기회주의자로 비쳐지게 된다.

물론 그럴 생각도 없지만, 오해를 받을 수 있다는 이야기다.

다음으로는 황립 기사단장 데우스.

이 사람이 내가 가장 욕심을 내고 있는 사람이다. 마법사로서의 후견인이 메디우스라면 정치적으로, 그리고 향후에도 내 힘이 되어줄 수 있는 사람이 데우스이기 때문이다.

나이도 올해 마흔으로 젊은 편인데, 검술 실력이 상당하고 굵직한 전공을 세워 젊은 나이에 기사단장이 된 인물이었다. 청렴결백을 기본으로 뛰어난 실력까지 갖춘 그는 많은 군인들의 신망을 한 몸에 받고 있었다.

동시에 케플린이 가장 경계하고 있는 신진 세력 주자 중 하나이기도 했다. 넓게 보자면 젊은 군인, 기사, 마법사들 대부분이 그를 존경했다.

가장 좋은 시나리오는 데우스와 손을 잡으면서, 케플린과도 척을 지지 않고 그를 효과적으로 이용하는 것이다. 한마디로 외줄타기를 해야 한다는 것인데, 그 부분이 내게 가장 신경이 쓰이는 부분이다.

문장으로 몇 마디 적을 때야 외줄타기를 해야 한다, 잘해야 한다 쓰면 그만이겠지만, 실제로는 수많은 수싸움과 즉각적인 상황 판단을 필요로 하기 때문이다. 아주 복잡한 일이다.

*　　　　*　　　　*

그로부터 2시간 뒤.

로난의 상점은 문을 닫았다.

불과 며칠 전까지만 해도 물건이 한가득이었던 상점은 텅텅 빈 공간이 되어버렸다.

규모가 컸던 상점까진 아니었어도 복층이었던 상점의 물건이 다 팔렸다면, 마차 하나에 금화를 전부 실어도 모자랄 판. 하지만 나와 로난이 탄 마차 뒤에는 아주 약간의 짐만이 실려 있었다. 그리고 함께 이동하고 있는 두 명의 호위 기사들에게는 따로 들려진 것도 없었다.

"판매 수익은 어떻게 된 겁니까?"

"후후, 저게 수익의 전부입니다. 정확히 말하자면 값나가는 명화(名畵)들로 교환해 둔 것이지만 말이죠."

"아……. 무슨 말인지 알겠군요."

나는 바로 내용을 이해했다. 금화의 값어치에 맞게 명화로 바꾸어두었다는 것이다. 이렇게 하면 짐의 부피는 줄이면서도, 가치는 유지할 수 있게 된다.

귀족가에는 유명한 화가의 그림을 수집하는 수집가들이

상당히 많았다. 하물며 스페디스 제국에는 더 많았고, 경쟁적으로 사들이는 경우도 많았다.

특히 희소성이 높은 작품일수록 그랬는데, 자르가드에서 구한 명화인만큼 그 가치에 대해서는 굳이 두말할 필요도 없을 터였다.

"자르가드, 어떤 것 같습니까? 평범한 나라는 아니죠. 돈이면 다 되는 곳이기도 하구요. 스페디스 제국과 비교해 보면, 오히려 스페디스 제국은 깨끗하다고 보일 정도입니다. 아, 물론 정말 깨끗하다는 얘기는 아니고요. 호호."

따각따각. 따각따각.

나와 로난이 탄 마차는 북쪽으로 이동하고 있었다. 국경 방향이다. 언제까지 이 마차로 이동할지는 알 수 없지만, 필요한 신분증이나 서류들은 다 가지고 있는 만큼 중간의 몇몇 관문을 통과하는 것은 어렵지 않을 터. 나는 편하게 로난의 말에 답을 이어나갔다.

"흑마법을 기반으로 한 국가이기에 그런지, 음침한 기운이 가득합니다. 물론 흑마법사들에게는 신성 제국의 기운이 음침하게 느껴지겠지만 말이죠. 전반적으로 많은 문제점을 가지고 있더군요."

"어떤 문제점이던가요?"

로난은 좀 더 자세하게 묻는 눈치다. 제단에서의 일을 말할 필요는 없겠지만, 나머지로 보고 들은 것들은 그와 의견을 공유해도 충분히 문제될 것은 없었다.

"우선 돈이면 안 되는 것이 없더군요. 그리고 그것이 아주 자연스러운 분위기로 받아들여지는 느낌이고."

"후후, 그렇죠. 저 같은 장사꾼에게는 가장 장사하기 편한 환경입니다. 돈만 있으면 뭘 팔아도 상관이 없으니까요. 두 눈 버젓이 뜨고 눈앞에 있는 것을 못 봤다고 해줄 관리와 병사들이 널려 있으니."

로난이 고개를 끄덕였다.

그의 말 그대로였다. 돈만 쥐어주면 신분증이 없어도 있는 것처럼 확인하고 보내줄 병사들은 많았다.

"다만 수도 페르페논의 느낌은 심상치 않았습니다. 얼마 전에 대규모로 신병을 소집해서 훈련을 하고 있더군요. 국내 단속 차원이라고 하기에는 규모가 상당했고 늘 그렇듯이 사상 교육을 하고 있더군요. 자르가드의 주적은 신성 제국이고, 그 신성 제국의 맹주국은 다름 아닌 스페디스 제국이니까요."

"대규모 군사훈련이라. 좋은 조짐은 아니군요. 장사꾼의 눈으로서가 아니라 스페디스 제국의 국민으로서도 말이죠. 군상들에게는 얘기가 좀 다르겠지만."

로난이 인상을 살짝 찌푸렸다.

로난은 군상은 아니다. 특이한 물건이나 고가의 골동품, 서적들을 취급하는 쪽에 가깝다. 물론 그 취급하는 것들이 평범한 것부터 시작해서 구하기 어려운 것, 이를테면 내가 구입했던 마법서 같은 것들이기 때문에 그가 더 대단하게 여겨지는 것이긴 하지만.

"전체적으로 주변 흐름이 썩 좋지는 않아 보입니다. 슬슬 종목을 바꿀 때가 온 것은 아닌가 싶군요. 남쪽의 블랙 오크들도 그렇고 확실히 냄새가 좋지 않아요. 그렇지 않나요?"

나는 대답 대신 고개를 끄덕였다.

"그래서 이번에 스페디스 제국으로 돌아가는 대로 눈여겨보았던 몇몇 능력 있는 친구들을 만나볼 생각입니다. 그 중에 흥미가 가는 사람이 하나 있죠. 이제 공공연한 비밀이 되었지만 말이죠. 바로 카터 상단, 이 상단이 레논 님과는 연관이 아주 많은 상단이 아닙니까?"

카터나 내가 떠벌리고 다녔다거나 홍보를 위한 수단으로 쓴 적은 없어 아직 많은 사람들은 나와 카터 사이의 관계를 잘 알지 못했다.

단, 나에 대한 어느 정도의 조사를 하다보면 자연스럽게 알게 되는 것이 친구 카터에 대한 것이었고, 바로 카터의 상단이 로디스 영지를 시작으로 급격하게 세를 불린 신진

상단 중 하나라는 것은 조금만 알아봐도 알 수 있는 사실이
었다.

로난의 소식통은 빨랐다.

내게 은근한 눈빛으로 이야기를 꺼내는 것이 어지간한
것은 다 알고 있는 눈치다. 장사꾼의 정보력이란 그런 것이
다. 웃돈을 주고라도 장사꾼들은 정보를 산다. 정보가 없는
장사꾼은 씨를 뿌릴 줄 모르는 농사꾼과도 같은 것이니까.

한데 로난이 직접 카터 상단에 대한 이야기를 꺼낸 것이
신기했다. 처음 듣는 이야기였다. 능력 있는 친구들을 만나
본다는 이야기는 사업적인 동반자, 즉 비즈니스 파트너를
구하려고 한다는 이야기와 같았다.

"제 친구입니다. 이제 막 걸음마 단계를 뗐죠."

"후후, 걸음마라고 하기엔 보폭이 참 크더군요. 아주 많
은 호기심을 가지게 된 사람이라서 이번에 스페디스 제국
으로 돌아가는 대로 만나보려고 합니다. 앞으로 변화할 흐
름에 대처하려면 지금의 제 규모에서 좀 더 상단의 세를 불
릴 필요가 있어서요. 이럴 때는 무리하게 스스로 늘리기보
다는 연합 상단을 꾸리는 것도 나쁘지 않겠다는 생각이 들
어서 말이죠. 칼로크 상단 정도의 규모에 걸맞게 대응하려
면 개인 상단으로는 힘이 들죠."

"카터가 적합해 보이십니까?"

"적어도 제 눈은 그렇게 말해주고 있습니다. 하하하. 물론 만나봐야 알겠지만요. 제 눈이 틀렸던 적은 거의 없거든요."

로난은 입가에 미소를 지은 채로 답하며 고개를 끄덕였다.

카터에 대한 로난의 관심.

나로서는 기분 좋은 일이었다.

로난이 실리에 밝은 장사꾼이기는 해도 사람을 등쳐 먹거나 배신하는 식으로 이익을 챙기려는 저속한 장사치는 아니었다. 그건 확실했다.

그런 로난이 내 친구 카터에게 관심을 가졌다는 것.

그것 하나만으로도 앞으로 카터는 물론이고 녀석과 연관된 내 삶이 달라질 수도 있는 일이었다.

다그닥. 다그닥.

넓직한 대로에 접어들기 시작하자 마차가 좀 더 속도를 내기 시작했다.

그렇게 우리는 스페디스 제국으로 향하는 북쪽을 향해 이동하고 이동하며 이야기를 좀 더 깊이 진행하고 있었다.

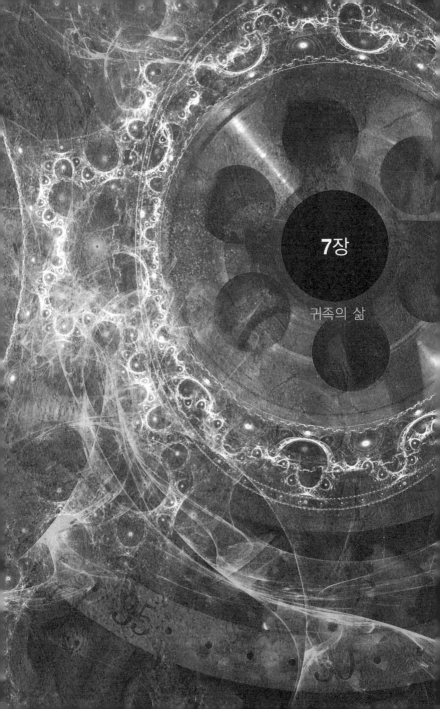

7장

귀족의 삶

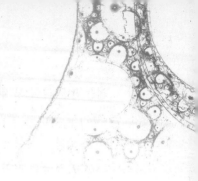

　로난은 눈치 빠른 장사꾼답게 이번에 가르가드에서 물건을 파는 동안 상당히 많은 정보를 수집한 것 같았다.

　장사꾼에게 있어 정보라는 것이 꼭 어떤 물품의 시세 동향이라든가 유행만 의미하지는 않는다. 때로는 군사적인 정보도 장사꾼에게는 큰돈이 되는데, 특히나 적이 많은 자르가드라면 더더욱 그러했다.

　로난은 스페디스 제국으로 돌아가는 대로 케플린 공작을 만날 생각이라고 했다. 어쨌든 제국의 중요한 정보들은 그의 손을 거쳐 윗선에 보고되기 때문이다.

케플린 공작이 부정부패의 중심에 있는 부패한 관리이기는 했어도 최소한 국방에 관심은 있었다. 자르가드가 스페디스 제국의 주적이라는 개념도 확실했다.

그리고 정국을 장악하는 카드로 역시 자르가드의 일만큼 적합한 것도 없었다.

"걱정하지 않아도 됩니다. 레논 님을 만난 사실은 이야기하지 않을 것이니까요. 그 정도 입단속은 스스로 할 줄 압니다. 하하하."

로난은 대화를 나누면서 내게서 불안한 기색을 느꼈는지 먼저 말을 꺼냈다. 사실 말해도 큰 상관은 없었다.

스페디스 제국의 사람이자 용병으로서 적국의 동태를 파악하러 갔다고 하면 될 일이니까.

하지만 로난은 내가 괜한 껄끄러운 일에 엮이지 않기를 바랐는지, 알아서 신경을 써주는 모습이었다.

벌써 2주에 가까운 시간이 흘렀고, 이제 귀국하게 되면 앞서 시작되었던 귀족으로서의 자격 심사가 끝이 날 터였다.

심사를 통과하면 세 가지 정도의 절차가 있다.

첫째, 기부금 형식으로 3,000골드 가량의 돈을 낸다. 이 것을 그럴듯하게 포장해서 '주신에 대한 감사의 봉헌(奉獻)'이라고 하는데, 쉽게 말하자면 귀족 신분을 구매했다는 증거다. 일종의 수수료인 셈이다.

둘째, 심사위원들에게도 감사의 인사를 한다. 큰돈까지는 필요 없고 관행적으로 금괴 하나 정도씩을 건네게 되어 있는데, 심사위원이 총 10명 정도 되니 여기서 1,000골드 정도가 빠진다.

셋째, 자신이 소속된 영지로 돌아와 귀족 등록 절차를 밟는다. 여기서는 영지의 영주가 얼마나 빠르게 일을 처리하느냐에 따라 짧게는 즉시에서 길게는 한 달까지 걸리는데, 부패한 영주가 있는 곳이면 이 과정에서도 돈을 받았다.

다만 내가 살고 있는 로디스 영지의 영주인 토키 백작은 나, 그리고 카터와 아주 가까운 사이이기 때문에 그런 일로 시일을 끌 사람은 아니다. 그건 확신할 수 있었다.

이래저래 4,000골드의 돈이 깨지는 만큼, 귀족 심사를 통과해도 마냥 편한 것은 아니었다.

하나 그동안 카터가 열심히 장사를 하며 창출해 낸 수익이 계속 내 앞으로 들어오고 있었고, 그 돈은 4,000골드를 내기에는 부족함이 없는 돈이었다.

과거의 삶에도 그랬지만 새삼 카터의 능숙한 수완에는 늘 감탄할 수밖에 없었다. 게다가 이제 로난과 손이라도 잡게 되면 날개를 단 말처럼 정말 거침없이 달려 나가게 될 터였다.

사람과 사람 사이의 관계에서는 과거와 많은 것이 달라졌다.

로난이 카터에게 관심을 가진 것도 이번에 처음 발생한 일. 그래서 기대가 되는 한편, 추이를 지켜볼 필요도 있다고 여겨졌다. 로난이 내게 호의적인 것은 사실이지만, 그는 타고난 장사꾼이고 어떤 '전략적인 의도'를 가지고 카터에게 접근하려고 하는 것일 수도 있었다.

카터는 장사 수완은 좋지만 사람을 판단하는 눈은 둔한 녀석이다. 장사꾼치고는 사람을 잘 믿는 구석이 있어 신뢰를 먼저 보여주는 것을 미덕으로 삼는다.

이렇게 신뢰를 기반으로 하는 방법은 지금과 같이 규모가 작은 단계에서는 좋은 시너지 효과를 낼 수 있을지 몰라도, 피 튀기는 전장이나 다름이 없는 대상인들의 세계에서는 위험하다.

이 부분만큼은 내가 단도리를 해둘 필요가 있었다. 굳이 카터에게 이래라저래라 할 필요까지는 없다. 위험한 부분에 대해서 짚어주기만 하면 되는 것이다.

카터는 그 정도만 얘기해도 충분히 알아듣고 조심할 녀석이었다.

"그런데 이대로 갑니까? 위험하지 않겠습니까? 우선 여기서 머무른 뒤 우회하는 거겠죠?"

로난과 이야기하는 동안, 어느새 우리는 접경지대의 영시에 도착해 있었다. 이대로 가면 자르가드의 병사들이 두 눈을 시퍼렇게 뜨고 경계를 서고 있는 관문을 넘게 된다.

이제 날이 어두워졌으니 아마도 밤을 넘긴 내일 아침에 이동하게 될 터. 나는 로난의 생각이 궁금해졌다.

"후후후, 애석하게도 제게는 레논 님처럼 단번에 거리를 좁혀 이동하거나, 빠르게 몸을 움직일 마법이 없지요. 하지만 그나마 유일한 강점이 있다면 역시 돈이라고나 할까요? 마법으로는 사람의 시간이나 기억을 살 수 없지만 돈은 가능하죠. 이대로 갑니다. 굳이 여기서 밤을 보낼 필요도 없지요."

"설마……."

"항상 그 설마가 많은 변수를 발생시키죠, 때로는 재미를 주기도 하고요, 호호호. 걱정 말고 편히 앉아 계시면 됩니다."

로난의 하이톤 웃음소리가 경쾌하게 울려 퍼졌다.

로난과 내가 탄 마차, 그리고 호위기사들이 탄 말은 유유히 대로를 따라 계속해서 북쪽으로 향했다.

정말 돈이면 다 되는 걸까?

누구보다도 내가 가장 잘 알고 있는 자르가드의 현실이었지만, 설마 국경도 그렇게 허술할까 싶었다. 적어도 국경

만큼은 그 어떤 나라도 허술하게 방비를 하지 않기 때문이다.

"⋯⋯."

그로부터 두 시간 후.

자르가드에서 스페디스 제국으로 향하는 산을 넘기 위한 마지막 관문에 이르렀을 때, 나는 눈앞에 펼쳐진 광경에 어이없는 표정을 지을 수밖에 없었다.

텅텅 비어버린 관문.

문은 활짝 열려 있었고 횃불만 밝혀져 있을 뿐 사람은 하나도 없었다. 경계경보를 위해서 관문 근처에 세워져 있는 감시탑과 설치된 알람 마법진도 가동이 중단된 상태였다.

이것은 관문의 경계를 서는 경비병, 알람 마법진과 감시탑을 관리하는 마법사, 그리고 이쪽 관문 일대를 총괄하는 경비 대장 모두가 사라졌음을 뜻했다. 즉, 이 모든 인원들이 매수되었다는 뜻이다. 하나도 남김없이.

"돈의 힘이란 이런 것입니다. 자르가드뿐만이 아니라 스페디스 제국도 마찬가지입니다. 씁쓸한 황금 논리이기도 하지요. 어지간한 금에 굴복하지 않는 사람에게는 그 이상의 금을 내어주면 됩니다. 그러면 십중팔구는 마음을 돌리게 마련이죠. 후후, 레논 님은 그렇지 않을 것 같습니다만."

"야, 이건 예상도 하지 못했군요."

다양한 변수를 생각하는 나지만 이것만큼은 의외였다. 설마 통째로 이 많은 인원들에게 돈을 줘서 야밤중에 대놓고 관문을 넘을 것이라고는 생각도 못 했던 것이다.

다그닥다그닥. 다그닥다그닥.

호위기사 둘이 먼저 앞서 나가고 우리가 탄 마차가 그 뒤를 따랐다. 아주 비정상적인 광경이었지만 로난이나 호위기사들은 별일 아니라는 듯 유유히 관문을 지나쳤다.

국경을 넘은 것이다.

그렇게 국경을 넘어 한참을 지나고 나서야 뒤로 보이는 감시탑의 알람 마법진이 다시 재가동하기 시작했다. 활짝 열려 있던 관문의 문도 닫혔고 어느새 빈자리를 메운 경비병들이 아무 일도 없었던 것처럼 경계를 섰다.

그들은 이쪽을 쳐다보지도 않았다. 정말 로난의 말대로 시간과 기억을 산 것처럼 이들이 지나갔다는 사실과 그 시간들을 모두 잊어버린 듯했다.

다음 날.

나와 로난은 무사히 스페디스 제국의 국경지대를 넘어왔다. 짧았지만 많은 일들이 있었던 여정이 끝난 것이다.

로난은 케플린 공작과의 만남을 매듭지은 뒤, 내게 연락하겠다고 했다. 카터를 만나기 위해서다.

나는 흔쾌히 동의했고, 로난은 그 길로 수도로 향하는 장거리 텔레포트 마법진 쪽으로 방향을 잡았다. 그리고 나는 용병단으로 향했다. 귀족 심사가 잘 마무리되었다면 아마도 용병단으로 먼저 소식이 왔을 테니까.

＊　　　＊　　　＊

"레논! 그 사이에 얼굴이 좀 탄 것 같은데? 그렇게 혼자 여행 다니니까 재밌어? 혼자 느긋하게 즐기는 시간들이 좋냐구, 응?"

테노스 용병단 건물의 정문에 들어서자 가장 먼저 크리스티나가 나를 반겼다. 크리스티나는 그 사이에 머리 스타일을 바꿨는지, 예전보다도 더 짧은 숏컷 스타일의 머리로 바뀌어 있었다.

"머리 잘랐네?"

"응, 거추장스럽잖아. 긴 머리가 좋은 건 하나도 없거든. 그래서 이번에 큰맘 먹고 잘랐지. 이때, 괜찮아? 그래도 섹시해 보이지?"

몸을 이리저리 배배 꼬며 교태로운 눈빛을 보내는 크리스티나. 왠지 예전보다 부쩍 들뜬 느낌이었다. 무슨 즐거운 일이라도 있는 듯이.

'아, 그러면 크리스티나가.'

귀족 심사를 받은 것은 나뿐만이 아니었다. 크리스티나도 그동안 용병단 생활을 하면서 제국에 관련된 의뢰를 통해 국가에 기여한 바가 많았고 나와 동시에 귀족 심사 요청을 했다.

나는 무난한 통과가 예상됐지만 이방인 출신인 크리스티나는 불가, 혹은 보류의 가능성이 있었다.

"잘된 거야? 심사가?"

"응! 그저께 승인이 났고 이미 절차도 다 밟은 상태야. 이제 거주지로 해놓을 집만 구하면 돼. 비용이 적게 드는 건 아니지만 귀족이 자기가 사는 집도 없다고 하면 이상할 테니까. 그래서 이제 막 나가려던 참이야. 좋은 집을 봐둔 게 있거든. 거기에 내 공간을 만들 거야!"

크리스티나의 표정에는 행복함이 묻어났다.

이방인이라는 애매한 위치에 있었던 그녀였기에 기쁨은 더욱 커 보였다. 물론 귀족으로서 인정을 받고 스페디스 제국민의 자격을 획득했다고 해도 편견이 쉽게 사라지지는 않는다.

그녀는 눈동자부터 시작해서 많은 외형이 다른 이스티 대륙의 사람이었고 여전히 그녀를 곱게 보지 않는 시선은 존재했다.

하지만 다행인 것은 그녀 본인은 그다지 개의치 않는다는 것이다.

"레논, 너에게도 소식이 왔어. 단장님에게 가보면 말씀해 주실 거야. 그럼, 이따 봐!"

크리스티나는 콧노래까지 흥얼거리며 빠르게 용병단을 나섰다. 방방 뛰는 그녀의 뒷모습에 피식 웃음을 흘린 나는 그녀의 말대로 단장실로 향했다.

                    *   *   *

"왔군. 여행은 재밌었나?"

"충분한 휴식이 됐습니다. 재충전도 됐고요. 제 자신을 한 단계 더 발전시킬 수 있는 시간이었습니다."

적당히 둘러댄 말이었지만, 맞는 말이었다. 나는 아이거의 조각, 그중에 보석을 얻었고 한층 더 강해졌다. 나름대로의 휴식도 됐다. 의뢰, 그리고 수행이라는 쳇바퀴 같은 일상에서 벗어나 자르가드의 넓은 땅을 배경으로 신나게 뛰어놀아 보았으니까.

"자, 그토록 원했던 소식이 왔어. 이틀의 시간을 더 주지. 그 안에 필요한 절차들을 밟고, 정리를 마치고 오도록 해.

바쁘게 용병단 생활을 시작하면 신경을 쓸 시간이 부족할 테니 말이야. 쇠뿔도 단김에 빼라 했으니, 지금이 적기지."

"통과… 된 겁니까?"

"그렇게 전공을 세우고도 심사를 통과하지 못하면 아무도 국가에 충성하려 하지 않겠지. 다른 B급, C급의 용병들은 수십 년을 걸려도 해낼 수 없을 굵직한 일들을 해냈어. 지우드의 부관을 죽인 일도 있지. 아주 상징적인 일이었어. 그런 일들을 그냥 넘길 수는 없지. 안 그래?"

"과찬이십니다. 그저 해야 할 일을 했을 뿐인걸요."

"어서 일처리를 끝내고 오도록 해. 레논, 너를 기다리고 있었을 가족들에게도 다시 한 번 찾아가 보도록 하고. 이제 너와 네 가족들은 더 이상 높으신 귀족분들을 우러러보고 살아야 하는 평민이 아니게 되었으니 말이야. 후후."

테노스는 승인 통지서를 받아든 나보다도 더 기분 좋아하는 모습이었다. 오히려 차분하게 받아든 내 모습이 이상하게 느껴질 정도다.

"하……."

하지만 이내 생각을 고향에 있는 레니와 어머니에게로 돌리니 묵직하고도 뜨거운 한숨이 터져 나왔다.

이번 삶에서는 좀 더 빠른 시기에 어머니와 레니에게 귀족의 삶을 시작할 수 있도록 발판을 마련해 주었다.

두 사람은 신분만 믿고 횡포를 일삼는 못난 귀족이 아닌, 타의 귀감이 되는 모범적인 귀족의 삶을 살아가게 될 것이다.

예전에도 그랬듯이 말이다.

그래도 이 소식을 듣고 기뻐할 어머니와 레니의 모습은 꼭 보고 싶었다. 더불어 카터의 모습도.

앞으로 내게 닥쳐올 수많은 소용돌이 앞에서 정말, 가장 마지막으로 즐길 수 있는 평화로운 시간은 이번이 마지막이었다.

"다녀오겠습니다."

"축하한다, 레논."

"감사합니다."

나는 테노스에게 인사를 올리고는 망설임 없이 용병단을 나섰다.

"축하하네, 제국을 위해 더욱 힘써주게."

"배려해 주신 덕분에 과분한 경험을 할 수 있게 되었습니다. 여기 계신 분들에게 진심으로 감사드립니다. 이것은 제 작은 성의 표시입니다. 수고해 주신 분들에게 조금이나마 도움이 되길 바랍니다."

"음, 맛있는 과일이로군. 잘 먹겠네."

순식간에 4천 골드라는 돈이 사라졌다.

심사위원들에게는 맛 좋은 과일을 담은 과일 바구니가 전달됐지만, 그 안에는 각각 100골드 정도의 가격을 하는 금괴가 들어 있다.

이것은 일종의 관례였다.

대놓고 100골드나 그 값을 하는 금괴를 주는 것이 아니라 은근히 잘 숨겨서 능력껏 전달하는 것. 심사위원들은 주변의 시선이 꼬이지 않게 원만하게 잘 처리한 내 안배에 만족하는 듯 보였다.

나에 대한 심사 및 안내가 끝나자마자 심사위원들은 부랴부랴 다음 방으로 이동했다.

심사위원이라고 하면 하는 일이 별로 없어 보이지만, 실제로 이들은 매일 수많은 지들의 귀족 심사를 처리한다.

그만큼 스페디스 제국 내에 귀족이 되는 사람들이 많다는 이야기인데, 나처럼 전공을 인정받아 정식으로 귀족이 되는 경우는 드물다. 대부분이 뒷돈이나 몰락한 귀족으로부터 가문 전체의 족보를 사들이는 식으로 귀족이 되는 경우가 대부분이다.

문제는 스페디스 제국 전체를 놓고 봤을 때는 귀족의 수가 거의 일정하게 유지된다는 점이다. 즉, 심사를 통해 새로이 귀족의 지위를 획득하는 수만큼 어디선가는 귀족이 양민이 되거나 사라짐을 뜻했다.

이것이 바로 몰락 귀족의 등장을 의미했다. 스페디스 제국에는 부유한 양민도 많았지만, 귀족임에도 불구하고 가진 것 하나 없는 가난한 귀족도 많았다. 이들은 귀족이었어도 귀족으로서의 삶을 영위할 수 없었다.

대표적인 것이 케플러 공작의 눈 밖에 나서 좌천된 이후, 그의 집요한 견제와 방해로 인해 집안이 통째로 몰락해 버린 아스렌 공작의 일이었다. 그는 제국을 대표하는 고위 귀족 중 하나였지만, 지금은 지방의 어느 작은 영지에 내려가 겨우 하루하루를 연명하면서 사는 가난한 귀족이 되어버렸다.

정계의 대립, 암투가 패자의 편에 선 귀족들을 몰락하게 만들기 일쑤였고, 그 과정에서 귀족이라는 신분은 다른 이에게 인계되면서 재생산됐다. 우스운 일이다.

"돈을 좀 아껴볼까?"

돈에 대해 크게 민감하지 않다고는 해도 한 번에 4천 골드라는 돈이 빠져나가니 체감상 빈 느낌이 컸다. 장거리 텔레포트 마법진을 이용하면 로디스 영지 근처까지 갈 수 있지만, 지금의 내게는 충분한 장거리 이동이 가능한 텔레포트 마법이 있었다.

군용, 상용 텔레포트 마법진이 비싼 이유는 다른 것이 아니라 6클래스에 해당할 정도로 고위급의 마법이기 때문이다. 즉, 이 마법진을 발동시키기 위해서 상당량의 마나와 정교하게 세공된 마법진을 필요로 한다는 이야기다.

6클래스의 이상의 마법사가 되면 제국의 웬만한 마법사들은 모를 사람이 없을 만큼의 숫자가 된다. 즉, 수가 적어 귀하다는 이야기다.

지금 나는 내 스스로의 기준으로 봤을 때는 여전히 '부족한' 6클래스의 마법사였지만, 타인의 기준으로 봤을 때는 부러워할 수밖에 없는 6클래스의 마법사였다. 특별한 것이다.

"후우……."

나는 심호흡을 하고 인적이 느문 위치에 자리를 잡고는 정신을 집중하기 시작했다. 텔레포트 마법을 시전할 수 있는 상황에서 군이 텔레포트 마법진을 이용하는 것은 사치다. 비유를 한다면 앞에 밥을 차려놓고 또 새 밥을 차려먹는 느낌이랄까? 할 필요가 없는 일이다.

그렇게 집중의 시간이 지나고.

충분한 캐스팅이 끝난 나는 바로 텔레포트를 전개했다.

*   *   *

"이제 레논 아이게스라고 부르면 되는 건가? 후후, 웃돈을 주고 신분을 사거나 세탁하는 놈들과는 그 과정이 다르잖은가. 축하하네. 제국을 위해 전공을 세웠으니 응당 그 보상을 받아야지. 오히려 내 생각보다도 늦은 시점에 이루어진 일이라 마음에 안 들지만 말이야. 바로 처리될 테니 기다리게."

"감사합니다, 영주님. 여러 가지로 늘 감사드립니다."

"지금 우리 영지의 발전에 가장 큰 역할을 하고 있는 두 사람에게 오히려 내가 감사해야지. 카터가 지금까지 낸 독점세만 해도 규모가 상당하거든. 게다가 다른 장사치들처럼 탈세하려고 하거나 눈치를 봐가면서 장부를 조작하거나 하지도 않지. 자네들에 대한 신뢰는 100이라네. 무조건 믿지."

"많은 도움이 되었다면 다행입니다. 영주님에게는 꼭 힘이 되어드리고 싶습니다."

"암, 암! 그래야지."

로디스 영지로 돌아온 나는 그 사이에 훌쩍 변한 영지의 모습을 바로 체감할 수 있었다.

우선 가장 먼저 달라진 것은 영지 전체의 분위기였다.

카터의 상단이 영지 내의 상권을 활성화시키면서, 비교

적 외부로부터의 인원 유입이 적었던 과거와 달리 로디스 영지의 시가지는 물건을 사거나 팔기 위해 온 사람들이나 장사꾼들로 인산인해를 이루고 있었다.

로난을 상인의 거리에서 만났듯이 로디스 영지의 시가지 중심에도 상인의 거리가 생겨났는데, 불과 몇 개월 사이에 매우 많은 상점이 입점하여 거리의 활기를 더하고 있었다. 물론 그중에서 상권의 최대 지분을 차지하고 있는 것은 카터였다.

영지 내의 경제 활동이 탄력을 받았기 때문일까?

지나치며 보이는 영지민들의 모습도 예전보다 훨씬 밝았다. 그들은 저마다 자신들이 수확한 곡식이나 물건들을 팔아 돈을 마련해서는 필요한 것들을 샀다. 이런 과정들은 매우 자연스러웠고 불만을 갖거나 하는 사람도 없었다.

뿐만 아니라 부쩍 늘어난 영지 내의 군인들도 눈에 띄었다. 스치듯 만난 것이긴 하지만 아리온 3형제도 보았다. 녀석들은 못 본 새에 훌쩍 자라서는 정말 군인다운 군인이 되어 있었다.

수염까지 기른 아리온은 성인 장정의 향기가 물씬 풍길 정도였다.

"영지의 분위기가 정말 많이 달라진 것 같습니다. 특히 군인들의 수도 상당히 많이 늘어난 것 같습니다. 영지 전반에서 질서와 활기가 느껴집니다."

"후후, 돈과 군인이 영지의 힘이지. 부유하고 강한 군대를 가진 영지는 다른 영지의 눈치를 보지 않고 하고자 하는 것들을 추진할 수가 있네. 물론 자랑이나 한답시고 군대를 키운 것은 아니지만 말이야. 용병단에 있었으면 그간의 소식들을 들은 것도 있을 법한데… 최근 블랙 오크들의 소식을 듣지 못한 것인가?"

"잠시 여행을 다녀오느라 용병단에 휴식계를 제출했었습니다. 여행에서 오자마자 귀족 심사를 받은 뒤 영지로 오는 길입니다. 제가 놓친 것이 있다면 알려주십시오."

아직까지 블랙 오크가 전쟁을 일으킨 것도 아니었고 눈에 띌 만한 일까지는 하지 않았다고 생각했다. 하지만 영주 토키 백작의 표정과 모습을 보니 무슨 일이 있는 것 같았다.

이곳, 로디스 영지는 블랙 오크과의 접경지대라고도 할 수 있는 모르고스 산맥과는 거리가 좀 있다. 그럼에도 불구하고 군대를 양성해야 할 일이 있었던 걸까?

"블랙 오크들이 모르고스 산맥을 넘어오는 것이 일부 관찰됐네. 자네도 알겠지만 블랙 오크들은 과거의 대전쟁 이후 절대 인간들의 영역은 침범하지 않았어. 아예 산맥 너머에서 자기들만의 구역을 꾸려서 살았고, 괜한 자극을 하려고 하지 않았지. 희생이 너무 많아 멸종당할 위기까지 왔기 때문이야."

"그랬지요."

"시간이 좀 된 일이지만 오크들의 왕 구네트는 우리 제국의 황제 폐하께 해마다 조공을 보내기도 했었지. 잘 봐달라며 말이야. 그게 불과 몇십 년 전까지 블랙 오크들이 보였던 모습이고, 현실이었지."

"산맥을 넘어온 겁니까?"

"넘어온 것뿐만이 아니라 오랜 평화로 모르고스 산맥 쪽의 방비가 허술했던 세톤 영지의 경비대 일부를 죽였어. 오크에 대한 이야기를 꺼내기 전에 영지 방비를 허술히 한 세톤 영지의 영주와 군인들을 탓하는 게 맞겠지만, 문제는 바로 블랙 오크들이 사람을 죽였다는 일이지. 이건 얼마든지 전쟁의 사유가 될 수도 있는 일이야. 그런 불씨를 블랙 오크들이 먼저 만들었다는 이야기네. 수십 년 전까지만 해도 인간들에게 고개를 숙여가며 그저 목숨만 살려달라고 빌던 그 녀석들이 말이야."

"음……."

"모르고스 산맥과 바로 맞대고 있지는 않더라도, 지금 주변의 영지들은 하나 같이 방비가 허술하네. 특히나 이쪽은 내륙인데다가 자르가드와도 거리가 있어 최소 치안을 유지할 정도로만 병력을 유지해 왔지. 군을 유지한다는 건 돈이 많이 드는 일이니까. 하지만 내 생각은 좀 달랐고 그래서 군비를 확충하고 있는 거네. 만약 블랙 오크가 정말 산맥을 넘기라도 한다면 완충 역할을 해줘야 할 주변의 영지들이 한 번에 무너질 게 눈에 선하니까."

"그 정도군요."

"블랙 오크들에게 접경지대의 경계가 무너지고 당했다는 사실이 수도에 보고가 올라가면 당장에 문책당할 일이라 영지 내에서 묻어버리고 쉬쉬하는 분위기지만 보통 심각한 일이 아니지. 황도(皇都)로 보고를 올렸으니 이에 대한 답이 오길 기다려야겠지. 블랙 오크들은 절대 안심해서는 안 되는 족속들이니까."

토키 백작의 이야기를 듣고나니 영지의 부쩍 늘어난 군인들의 모습이 이해가 갔다.

토키 백작은 미래를 대비하고 안배할 줄 아는 사람이었다. 앞으로도 내게는 많은 도움이 될 것이다. 다만 걸리는 점은 블랙 오크들의 움직임이었다.

대규모까지는 아니더라도 산맥을 넘어와 사람을 해쳤을 정도면 최소한 경계 상태를 테스트 해보는 것은 물론이거니와 경우에 따라서는 전쟁을 벌여도 상관없다는 오크들의 자신감이기도 했다.

그렇지 않고서야 먼저 도발에 가까운 행위를 할 리가 없기 때문이다. 결코 좋은 조짐은 아니었다.

*　　*　　*

토키 백작은 내게 좀 더 많은 정보가 수집되는 대로 블랙 오크들에 대한 이야기를 들려주겠다고 했다. 최근 부쩍 바빠진 일정을 소화하고 있는 토키 백작은 나와 우리 가족에 대한 귀족 승인 작업이 끝나자마자 부랴부랴 다음 일정을 소화하기 위해 영주성을 떠났다.

이제 정말로 귀족이 되었다.

검소하게 살아온 삶이 바뀌지는 않겠지만, 이제 어머니와 레니도 귀족이라는 이름 아래에서 최소한 안정된 삶을 살아갈 수는 있게 됐다. 그리고 내가 앞으로 일을 추진함에 있어 신분으로 발목을 잡히게 될 가능성도 사라지게 됐다.

다행히 나는 스페디스 제국에서 유독 강조하는 순혈, 그러니까 뼛속까지 스페디스의 피가 흐르는 혈통이었다. 이방인 혹은 자르가드의 사람과 결혼한 조상도 없다. 최소한 순혈주의라든가 혈통 따위에 발이 묶일 일은 없다는 이야기다.

"오빠! 레논 오빠아!"

어느덧 다다른 집 앞.

밖으로 나와 어머니와 산책을 즐기고 있던 레니의 반가운 목소리가 들렸다.

꽤 먼 거리에서도 나를 알아보았는지, 녀석은 양팔을 활짝 펼친 채로 나를 향해 전력으로 달려오고 있었다.

반가운 레니, 그리고 어머니.

누가 봐도 여느 영지의 평화로운 풍경이었지만, 나는 유달리 오늘따라 맑고 청명해 보이는 푸른 하늘을 보면서 문득 불안한 느낌이 들었다.

풍경과는 다르게 급변하고 있는 주변의 양상들이 신경 쓰였다. 벌써부터 수상한 낌새를 드러낸 블랙 오크의 등장은 절대 좋은 조짐이 아니었다.

일단 나는 잠시 블랙 오크들에 대한 생각을 접었다.

이번이 마지막이 될지도 모르는 마지막 여유.

그 여유를 가족들과 즐기고 싶었다.

그리고 꿈은 꿨지만 이룰 수 없었던 귀족의 삶.

그 삶을 얻게 되었음을 알려주고 싶었다.

과거에도 몇 번이나 보고 느꼈던 광경이지만, 감정은 늘 새로웠다.

"레니!"

나를 향해 달려오고 있는 레니를 향해 나도 환한 미소를
지으며 두 팔을 벌렸다.

　귀여운 여동생 레니.

　그리고 병든 예전의 나를 수발하기 위해 온갖 고생을 다
하시며 견뎌 오신 어머니.

　두 사람 모두 내게는 고맙고 감사한 사람들이었다.

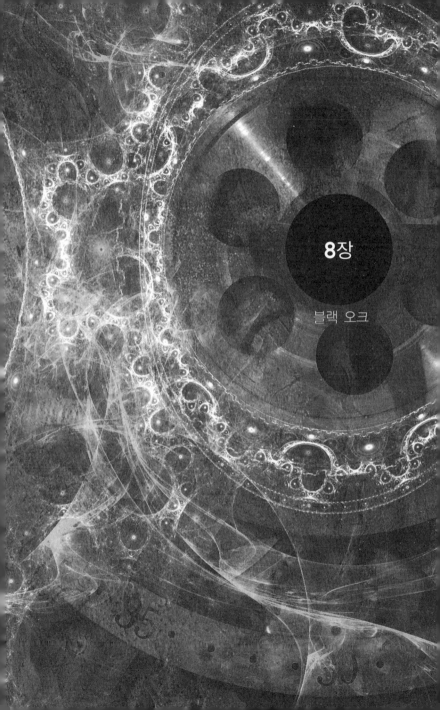

8장

블랙 오크

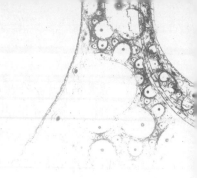

　보통 귀족이 된다면 으리으리한 대저택에 살면서 다수의 하인을 거느리고 사는 것을 생각하게 마련이지만, 어머니와 레니는 이제 공식적으로 귀족의 신분을 획득했음에도 불구하고 예상대로 욕심이 없었다.

　집도 지금의 수준에서 약간의 증축 정도만 하는 것으로 이야기가 끝났다.

　정든 이 집을 떠나고 싶지 않은 것이 어머니와 레니의 공통된 생각이었고 귀족이 되었다고 해서 그간 알고 지내던 사람들과 상하를 가려가며 살고 싶지도 않다고 했다.

냉정하게 말하자면 신분이 달라진 만큼, 이제 카터나 아이린은 우리에게 존댓말을 써야 한다.

그간 알고 지냈던 마을 사람 전부가 마찬가지다. 하지만 그건 나도 물론이고 어머니나 레니 역시 바라는 바가 아니었다.

"레논… 참 대단하구나. 귀족이라는 신분을 얻어서 행복하고 감개무량한 것이 아니란다. 네가 그 정도로 제국에 기여하고 남들과는 비교도 되지 않는 전공을 세운 멋진 마법사라는 사실이 너무 자랑스럽단다. 불과 몇 년 전만 해도 하루하루를 살아가는 것이 힘들었던 내 아들이… 이렇게 변할 줄이야. 정말 상상도 하지 못했던 일이야."

"오빠는 정말 최고야! 더 멋진 사람이 되어야 해. 알았지? 내가 지켜볼 거야. 그리고 자랑하고 다니고 있거든! 우리 오빠가 이런 사람이라고 말이야!"

레니가 엄지손가락을 양손으로 치켜들어 보이며 내게 힘을 가득 실어주었다.

나는 하루의 시간을 가족들과 보내며 그간의 이야기들을 나누었다.

셋이 한 식탁에 모여 식사를 하고 오순도순 이야기를 나누며 화기애애한 분위기를 만들어 낸 그런 자리였다.

어머니와 레니는 용병단 내외에서 있었던 일들을 들으며

때로는 감탄했다가, 때로는 내가 했던 고생들을 듣고 인상을 찌푸리며 아파하기도 했다.

어머니와 레니는 그 동안 별일 없이 잘 살아온 것 같았다. 무소식이 희소식이라는 말이 있듯이, 별일이 없어 내게 전해진 소식이 적었던 건 정말 희소식이었다.

어머니는 카터로부터 받는 장사 수익은 모두 저축해 두고 있었고, 레니와 함께 예전처럼 하던 일을 하고 있었다. 그리고 이따금씩 카터에게 일손이 부족할 때면 도와주곤 했다고 하셨다.

나의 삶만 크게 달라졌을 뿐, 가족들은 한결같았다.

내게 주어진 이틀의 시간 중 첫날은 그렇게 가족들과 보냈다. 실로 오랜만에 찾아온 집에서 나는 어머니와 레니의 곁에 누워 함께 잠이 들었다.

각자가 몸을 눕힐 수 있는 침대가 있었지만, 어머니는 따뜻하게 잘 데워진 바닥 위에 이불을 깔고는 나를 옆에 눕게 하셨다. 마치 어린아이 둘을 재우려는 어머니를 보는 느낌이었다.

오랜 시간을 살다보면 때때로 이런 자잘한 마음 씀씀이에서 감동을 받기도 한다. 너무 뻔한 일이지만 의외로 자주 볼 수 없는 광경들이라 가슴 짠하게 느껴지는 때가 있는데,

오늘이 그러했다.

나는 레니와 어머니를 옆에 두고 내 삶의 터전이자 시작점이었던 집에서 그렇게 편히 잠이 들었다. 좀처럼 길게 잠을 자지 않는 나도 이른 밤에 잠이 들어, 동이 틀 때까지 계속된 길고도 깊은 꿀맛 같은 잠이었다.

다음 날.

나는 서둘러 마을을 떠났다.

초저녁까지 용병단에 복귀해야 하는 일정도 있거니와 오늘은 오늘대로 계획한 일정이 있었기 때문이다.

카터는 수도에 가 있었기 때문에 만날 수 없었고, 나는 아이린에 대해서는 어머니와 레니에게 일절 묻지 않았다.

묻는 것만으로도 아이린에게 소식이 전해질 수 있었고 필요 없는 관심이나 희망을 그 아이에게 전해줄 수도 있기 때문이다.

하지만 어느 바람이 불었을까?

내가 막 가족들과 작별 인사를 끝내고 집을 나와 언덕 하나를 넘었을 즈음, 우리 집으로 오고 있는 아이린의 모습이 멀리서나마 눈에 띄었다.

그녀는 날 보지 못했지만 나는 그녀를 볼 수 있었던 것이다.

"······."

예전과 달리 아이린의 외형은 많이 변해 있었다.

곱고 순수한 느낌이 강했던 부드러운 외형은 마치 여전사를 방불케 하듯 와일드한 외모로 바뀌어 있었다. 게다가 피부도 어디서 그렇게 태웠는지 구릿빛으로 바뀌어 있었고, 마르기만 했던 몸에는 근육이 제법 붙어 있었다.

옷을 입는 스타일도 블라우스나 원피스 차림이 아닌 보이시한 평복 차림으로 바뀐 모습이었다.

처음 보는 아이린의 모습이 생소하게 느껴졌다. 심경의 변화가 충분히 와 닿을 정도로 엄청난 변화였다.

아이린은 어머니, 레니와 반갑게 인사를 나누며 대화를 하는 모습이었다. 그리고 언덕 쪽을 가리키는 레니의 손짓에 시선을 돌렸지만 나를 보지는 못했다.

아직 그 마음을 되돌리지는 않은 걸까.

나는 처음 그녀가 검술을 배우기 시작했다는 이야기를 들었을 때 느꼈던 기분을 떠올렸다.

나에 대한 애정이 식거나 돌아서기는커녕 오히려 검술을 연마하면서 그 '분노'를 다스리고 여전히 애정을 키워가고 있는 것은 아닐까 하는 것.

예상이 맞지 않길 바랐지만 예상대로일 가능성이 커 보였다.

이쯤 되면 차라리 아이린의 폭주를 막기 위해서라도 마음을 여는 것이 나을까도 잠깐 생각해 보았지만 그건 안 될 말이다.

이미 실패한 과거의 수많은 전례가 있는 만큼… 아이린과는 절대 이어지고 싶지 않았다.

마음 같아서는 차라리 신경을 쓸 이유조차 만들 일이 없도록 아이린을 죽이는 것은 어떨까 생각도 했었다.

하지만 친구의 여동생을 그저 방해가 될 수 있다는 이유만으로 죽이는 매정한 짓은 하고 싶지 않았다. 적어도 내 능력이면 지금의 상황을 충분히 컨트롤할 수 있었다. 단지 귀찮을 뿐이다.

*   *   *

"레논, 보고 싶었어요!"

"아니; 왜 갑자기 존대를……."

"이제는 귀족이잖아요? 서로의 격식을 차리든가 아니면 서로의 동의하에 말을 놓아야겠죠. 나는 어떤 식이든 상관없지만… 우선은 존대가 편하니까."

"편하게 말해요, 로이니아. 늘 그랬듯이."

"그럼, 레논도 편하게 말해요."

"그럴게요."

"레논!"

말이 끝나기가 무섭게 로이니아가 내게 달려들며 안기려다가 이내 엉거주춤한 자세로 내 양손을 잡았다.

찰나의 순간이었지만, 멈칫했던 로이니아의 행동에서는 나에 대한 애정이 느껴졌다. 동시에 자기 자신의 감정을 애써 억누르며 호감을 조금이나마 숨기려는 노력도 엿보였다.

"잘 지냈지?"

"응, 벌써 이렇게 살이 토실토실… 이러면 안 되는데. 아론 오빠가 자꾸 먹을 것들을 보내오니까……."

"예전보다 훨씬 보기 좋은 걸. 너무 마른 것도 별로야."

"길을까?"

"후후."

나와 로이니아가 처음 만났던 그 길.

언덕길을 따라 우리는 산책을 즐기며 대화를 나눴다.

누가 먼저랄 것도 없이 손을 잡은 나와 로이니아는 어느덧 무성하게 자란 꽃들이 물씬 풍기는 향기를 즐기며 걸었다.

내가 왔다는 사실에 한달음에 달려 나온 로이니아는 시녀들의 동행도 마다하고 나와 단둘이 길을 걸었다.

그 동안 꾸준히 편지를 주고받고 오빠 아론에 대한 면회를 핑계 삼아 용병단을 자주 드나들었던 나와 로이니아의 관계는 상당히 발전해 있었다.

솔직하게 말하자면 연인이나 다름없었다.

처음에는 나에 대한 호감이 있으면서도 내가 확실하게 신호를 주지 않아 로이니아가 많이 힘들어하기도 했었다. 자기 자신만 호감을 가지고 있는 것은 아닐까 하고 걱정을 했었다는 것이다.

그래서 로이니아에게 확신을 주기 위해 면회로 용병단을 찾아왔던 날. 그녀와 데이트를 하며 나의 마음을 확실하게 고백해 주었다.

그리고 앞으로 내가 꾸려 나갈 미래와 이에 대한 자신감을 어필하며 불안해할지도 모르는 로이니아에게 확신을 심어주었다.

그 이후의 모습이 바로 지금이었다.

나는 로이니아에게 첫 번째로 공언했던 귀족의 신분을 획득하는 데 성공했고, 적어도 그녀가 마음 놓고 내게 호감을 드러낼 수 있는 여건이 만들어졌다.

혹여 소렌 남작이 알게 되더라도 전혀 문제가 없는 상황인 것이다.

로이니아에 대한 내 호감은 점점 더 깊어가고 있었다.

좋아한다는 말, 그 이상의 감정이기도 하다.

로이니아는 생각이 깊은 여자였다.

무조건적인 애정을 표현하지도 않았고 나만을 바라보며 망부석처럼 기다리는 스타일도 아니었다. 그리고 어떤 중요한 문제를 두고 이야기를 나눌 때면, 내 입장이 되어 생각하고 판단하고 공감해 주곤 했다.

다소 차갑고 도도해 보이는 외모와 달리 로이니아는 속이 깊고 따뜻한 여자였다. 그런 로이니아의 매력이 나는 마음에 들었다. 과거에 이루지 못했던 사랑에 대한 갈증도 일부 차지하고 있기도 하다.

"다음번에는 정식으로 소렌 남작님께 인사를 드릴 거야. 어떻게 생각하실지는 모르겠지만, 그래도 당당하게 말할 수 있는 자격이 있으니까."

"레논……."

로이니아는 부끄러워했다.

내 말은 곧 정식으로 교제를 인정받겠다는 말이었다. 왠만해서는 돌려 말하지 않는 성격이 아니라는 것을 그녀도 잘 알고 있었지만, 내가 강한 어조로 말을 하니 부끄러워하면서도 한편으로는 마음에 들어 하는 눈빛이었다.

"좀 더 가다듬고 올게. 더 멋진 모습이 될 수 있도록."

"응!"

나는 로이니아를 꼭 끌어안아 주었다.

처음에는 멈칫하던 그녀도 내가 가슴 속 깊숙하게 그녀를 끌어안자, 어느새 품에 안겨 조용히 눈을 감았다. 나는 향기가 물씬 풍기는 그녀의 머리 사이로 얼굴을 살짝 묻은 채 산들바람이 부는 언덕 위에서 한참 동안 그녀를 안고 있었다.

그리고 아쉬운 작별 인사를 나누었다.

＊　　　＊　　　＊

귀족이 되었다고 해서 내 삶에 급격한 변화가 일어난 것은 아니었다.

다만 내 곁에 있는 사람들에게는 중요한 일이었고, 그렇게 이틀간의 만남을 끝마친 나는 용병단으로 돌아왔다.

테노스에게 약속한 것보다 조금 이른 시간에 도착한 용병단에는 이미 모든 동료가 모여 있었다.

안으로 들어서자 부지런히 회의실로 동료들이 무장을 한 상태로 움직이고 있는 것이 눈에 들어온 것이다.

마법을 쓰는 나로서는 딱히 무장이라고 할 만한 것이 없으니 이 차림 그대로 가면 되겠지만, 아론의 경우에는 자잘한 의뢰를 수행할 때는 잘 입지도 않던 갑주까지 챙겨 입고 이동하는 모습이었다.

"무슨 일입니까?"

"수도에서 사람이 왔어. 마침 잘됐다. 같이 가자."

아론에게 묻자, 아론이 반갑게 나를 맞이하며 내 손을 잡아 이끌었다. 수도에서 온 사람? 용병들이 직접 움직일 정도면 의뢰와 관련된 일일 터다.

"혹시……."

"맞아, 케플린 공작님이 오셨다."

지난번 케플린 공작과의 만남은 나에 대한 스카웃에 연관된 일이었지만, 이번 방문 목적이 그것 때문이 아님은 확실했다. 이미 메디우스를 통해 단도리가 된 부분도 있었고, 그럴 목적이었으면 용병들을 다 불러 모으는 일도 없었겠지.

"블랙 오크 때문입니까?"

짐작가는 부분은 있었다.

나의 질문에 아론은 대답 대신 고개를 끄덕였다.

예상한 안건을 들고 용병단을 직접 찾아온 고위급 관리의 방문. 나는 점점 내가 과거에 겪었던 대로, 하지만 그 속도가 훨씬 빨라지고 있는 주변의 모습들을 다시 한 번 여실히 느끼며 아론의 뒤를 따라갔다.

블랙 오크.

이 단어가 자주 귀에 들리기 시작한다는 것은 곧 대륙 전체를 전쟁의 구렁텅이로 밀어 넣을 전쟁이 임박했다는 것을 뜻하기 때문이다.

회의실에 도착하니 예상했던 것보다 많은 인원이 모여 있었다. 우선 테노스를 비롯한 동료들이 있었고, 케플린 공작도 자신 혼자뿐만이 아니라 관련자들을 대동하고 왔다.

"시기가 나쁘지는 않군. 잘 왔어."

테노스가 나를 향해 인사를 건네자 케플린의 시선도 자연스럽게 내게로 향했다.

그는 내게 은은한 미소를 보냈다.

마치 나와 친분이 있다는 것을 자랑이라도 하고 싶은 것처럼. 혹은 내 반응을 보기 위함일 수도 있다.

"다들 앉지. 중요한 이야기이니 집중해서 듣도록 해."

"예. 알겠습니다."

테노스의 말이 끝나기가 무섭게 동료들이 자리를 잡고 앉았다. 케플린 공작과 관련자들은 회의실 가운데에 마련된 칠판 앞에 자리를 잡고 섰다.

케플린 공작이 눈짓을 주자, 옆에 있던 두 남자가 지도를 활짝 펼쳐 보였다. 스페디스 제국의 전도였다.

"거두절미하고 본론으로 들어가도록 하겠네. 나는 사적인 용무로 이곳에 온 것이 아니라 제국 군부의 요청을 받아 이곳으로 온 것이네. 공적인 방문을 유념해 주길 바라네."

"물론입니다."

케플린 공작의 말에 테노스가 고개를 끄덕였다.

"공적인 방문 말이네."

"예."

케플린 공작은 같은 말을 두 번 강조했다.

정말 공적인 방문으로 하고 싶어서 그런 것이 아니라, 때때로 이런 만남들이 그와 반대편에 있는 정적(政敵)의 입장에서는 좋은 트집거리가 되기 때문이다.

물론 무시을 껏 없는 그였기만, 그는 아주 조심성이 많은 인물이었다. 만약을 대비한 안배를 해두는 것을 잊지 않았다.

"최근 들어 블랙 오크들이 모르고스 산맥을 넘어와 모습을 드러내기 시작했네. 비밀로 부친 탓에 민심이 동요하는 것까진 막을 수 있었지만, 이미 몇몇 영지의 산맥을 넘어와 침입한 블랙 오크들에게 피해를 봤어. 지금까지 35년 동안 산맥을 넘은 적도, 문명을 공격한 적도 없는 블랙 오크들이 모습을 드러냈다면 이유는 두 가지밖에 없네."

"인간들과의 전쟁을 준비하고 있거나 무리에서 이탈한 낙오된 오크라든가. 그렇지 않겠습니까?"

테노스가 정확하게 핵심을 짚었다. 그러자 케플린 공작이 고개를 끄덕였다.

"맞네. 두 가지 경우가 존재하지. 처음에는 후자일 가능성이 있다고 생각했지만 전자일 가능성을 배제할 수 없네. 게다가 후자라고 해도 안심할 수가 없는 부분이 있네. 무리를 이탈한 오크치고는 상당한 무장도 되어 있을뿐더러, 한 곳에서만 모습을 드러내지 않았지."

"저······."

아론이 손을 들고 무어라 질문을 하려는 찰나, 테노스가 눈짓으로 아론의 질문을 막았다.

케플린 공작은 체면치레를 꽤나 중요하게 생각하는 인물이었다. 아론의 질문보다는 테노스에게 질문을 받는 것을 더 가치 있게 여기고 자신을 대우해 줄 것이라 여기는 사람이었다.

"제국 차원에서 군부가 직접 움직이시지 않는 건, 괜한 자극이 될까 봐 그런 겁니까?"

테노스의 질문은 상당히 직설적이었다.

테노스의 말대로 오크들의 거처를 정탐하는 일은 굳이

용병단이 나서서 하지 않아도, 정예 전력을 보내서도 얼마든지 할 수 있는 일이었다.

군부가 정계만큼이나 부정부패에 말려 있기는 했어도, 능력 있는 사람들은 여전히 많았다.

"그런 셈이지. 단순한 의심으로 전력을 파견해서 정탐하다가, 혹여 그 전력이 붙잡히기라도 한다면 이야기가 복잡해져. 인정하겠네. 물론 보수는 확실하게 약속을 하지. 침묵에 대한 대가로 말이야."

"잡히더라도 제국과의 관련점은 이야기하지 말라는 말씀이시군요."

"테노스, 자네는 이해가 빨라서 좋네. 바로 그렇지."

손 안대고 돈으로 코를 푸는 방법이 있다면, 바로 이 방법일 터다.

대화 과정에서는 생략되어 있었지만, 저 말은 즉 블랙 오크들의 거처를 정탐하다가 발각되어 잡히더라도 소속이나 관련 정보를 누설하지 말라는 이야기였다.

혹여 누설을 하게 되더라도 용병단 차원에서 한 일이니 제국과는 관계가 없다고 발뺌을 할 수 있는 것이다.

블랙 오크들이 모습을 드러낸 이상, 가장 근본적인 해결책은 주변 접경지대 영지의 방비를 강화하고 때에 따라 중앙군을 파견할 준비를 하는 것이 맞았다.

하지만 케플린 공작과 그 일파들의 만연한 부정부패로 인해 느슨해진 중앙군은 어느 누구와 싸울 만한 전력이 되지 못했다.

괜히 황제가 마음이라도 변해 중앙군과 마법사 전력을 이끌고 지원을 하라고 하면 그게 더 껄끄러운 일이었다.

그래서 케플린 공작이 자신의 선에서 돈으로 해결하기 위해 우리 용병단을 찾아온 것이다.

"그렇게 하겠습니다. 공작님께서 직접 오셨으니 저희도 그에 맞는 답을 드려야 하지 않겠습니까?"

"후후, 말이 잘 통해서 좋아. 자네는."

"곧 착수하겠습니다. 동선 정도는 짤 필요가 있으니 하루에서 이틀 정도는 걸릴 겁니다."

"그렇게 하게. 필요한 정보들은 이 친구들이 전해줄 것이네. 자세하게 정리한 내용들이 있으니."

"예, 먼 길 오시느라 고생하셨습니다."

"부탁하네."

대화가 끝나자 케플린 공작은 마치 무거운 짐을 벗어던진 사람처럼 홀가분한 표정으로 용병단을 나섰다.

내 할 일은 다 했으니, 이제 너희들이 알아서 해라… 딱 그런 느낌이었다.

관련자들은 부지런히 테이블 위해 준비해 온 서류철들을

올려 놓았다.

그중에 눈에 마침 보이는 서류 하나를 꺼내서는 내용을 살폈다. 그래도 나름대로의 최신 정보라고 생각했고, 쓸 만한 것이 있을 것이라는 판단에서였다.

"……."

하지만 몇 줄 읽어본 내 표정은 바로 굳어졌다. 이건 아주 오래전의 이야기들이었다.

누구나 다 알고 있는 사실들. 예전부터 기록으로 전해져 내려오던 블랙 오크들에 대한 기록이 태반이었다.

블랙 오크들과 있었던 최근의 교전이 어떤 양상이었는지, 어떤 무장을 했으며 어떤 기술로 공격을 해왔는지와 같은 최신 정보는 없었다.

정보라고 생색은 냈지만, 이건 블랙 오크에 관심을 가지고 있었던 사람이라면 누구나 아는 정보들을 모아놓은 것이었다.

"적당히 참고들 해. 참고만."

테노스가 테이블 위에 서류들을 모두 올려놓고 회의실을 나서는 두 남자의 뒷모습을 흘깃 쳐다보며 말했다. 혹시나 좋지 않은 이야기가 흘러나가지 않을까 눈빛으로 단속을 하는 모습이었다.

끼이이, 쿵.

그렇게 문이 닫히고 나자 내용을 훑던 아론이 코웃음을 쳤다. 그건 아론뿐만이 아니라 함께 있던 모든 동료들이 마찬가지였다.

크리스티나는 아예 짜증이 났는지, 보고 있던 종이를 휙 바닥에 던져 버렸다.

"우선 어떤 의뢰인지는 다들 알았을 테니 쉬도록 해. 필요한 자료들은 카곤 길드로부터 받으면 된다. 돈값을 하는 녀석들이니까. 3시간 뒤에 브리핑하도록 하지."

"예, 알겠습니다."

"잠시 해산."

테노스는 미련 없이 테이블 위에 놓인 자료들을 한쪽 귀퉁이에 밀어 넣었다. 카곤 길드는 용병단의 거리에 있는 정보 길드로 오로지 정보만을 취급하는 길드였다.

꽤 발이 넓고 정보를 수집하는 실력이 탁월하여 양질의 정보들을 많이 가지고 있었다. 그것은 블랙 오크라고 해서 예외는 아니었다.

물론 그들이 중요한 정보를 공짜로 얻는 것은 아니었다.

저마다의 희생과 피해를 입어가며 얻는 정보들이지만, 그 방법과 깊이까지 알 필요는 없었다.

＊　　＊　　＊

준비는 분주하게 이루어졌다.

딱히 필요한 장비나 갖춰야 할 무구가 없는 내게는 쉬는 시간이었지만, 아론을 비롯한 용병단 내의 검사들은 필요한 장비들을 챙기느라 바빴다.

―어차피 가야 했던 곳인데 일이 잘 풀리는 느낌이군.

개인실의 먼지를 털어내고 있던 내게 아이거가 말을 걸어왔다. 아이거의 말대로 오크들의 대지에 살고 있는 오크 로드 게우게스에게는 아이거의 조각이 있다.

"그렇지는 않아. 블랙 오크들이 움직인다는 건 신호탄과도 같아. 오크들은 독단적으로 움직인 적이 없었어. 분명히 배후가 존재했지. 만약 정말로 블랙 오크들이 움직이기 시작했다면 그 뒤에는 드래곤이 있어. 블랙 오크들과의 전쟁은 인간들의 힘을 크게 빼놓는 일이 될 것이고, 다 차려진 밥상에 다크 엘프와 드래곤들이 숟가락을 얹게 될 거야."

―어차피 네 계획과 구상 속에서는 전부 예상된 일이 아닌가? 상관없잖아. 그만큼 너도 예전보다 더 빠르게 힘을 얻었으니까.

"이렇게 시간의 흐름이 빨라지면 대비할 시간이 적어져.

나만 강해진다고 해서 될 문제가 아니지."

—재밌게 흘러갈 것 같군. 이제 곧 장마가 시작될 텐데 말이야.

기억은 하고 있었지만, 아이거가 다시금 짚어준 사실에 나는 생각에 잠겼다.

이런 흐름이라면 다음 해에 예상되는 물난리도 어쩌면 올해 일어날 가능성이 컸다. 스페디스 제국 남부는 해마다 짧게는 3주에서 길게는 6주 정도의 우기가 있었다.

아주 오래된 계절적인 특징이었기 때문에 스페디스 제국의 남부는 치수(治水)를 오래전부터 신경을 써왔고 많은 비가 와도 큰 문제가 없었다.

충분히 배수를 할 능력이 있었기 때문이다.

하지만 과거의 역사 속에서 스페디스 제국의 남부는 이즈음에 큰 물난리를 겪게 된다.

블랙 오크들이 우기가 시작되기 전, 오크를 대규모로 동원하여 스페디스 제국 남부로 흘러들어 가는 물길을 막은 뒤 우기의 최고조에 이르러 방류를 시키며 물난리를 일으켰기 때문이다.

그 일로 스페디스 제국 남부는 완전 쑥대밭이 되었다. 각지가 물에 잠겼고 저지대의 마을은 아예 지도에서 사라졌다. 수십만 명의 이재민이 발생했고 제국 남부가 통째로 무정부 상태에 가까운 혼란 지대가 되었다.

각 영지의 영주들은 상황을 효과적으로 통제하기에는 능력이 부족했고 중앙 정부에서는 빠른 복구를 독려하면서도 지원에는 인색했다.

악순환이었다.

결국 중앙군을 비롯해 각지의 영주들이 병력 일부를 차출하여 복구 작업에 병력을 투입하면서 전력의 공백이 생겼다.

그 사이 자르가드가 국경을 넘어 스페디스 제국을 공격했고, 헐거워진 국경의 수비는 순식간에 무너졌다.

제국의 남부와 동부가 각각 물, 그리고 자르가드 군과의 전쟁으로 쑥대밭이 되어버린 것이다.

그 이후 계속 쇠락의 길을 걷던 스페디스 제국은 결국 드래곤과의 전쟁으로 카운터펀치에 가까운 피해를 입게 되고 결국 분전하다가 하나둘 죽어갔던 것이 내가 기억하는 과거였다.

이런 흐름이라면 내년에 일어날 것으로 예상되는 물난리도 올해 일어날 수 있었다. 우기는 매년 있었으니까.

그렇다면 지금쯤 이미 블랙 오크들이 사전 작업에 들어가 있을 것이란 얘기가 되고, 나는 반드시 물길을 막을 것으로 예상되는 지류(支流)로 찾아가 볼 필요가 있었다.

이번에 케플린이 가지고 온 블랙 오크들에 대한 의뢰는 못마땅한 구석이 많았지만 어차피 해야 했던 일이었기에 상관은 없었다.

오히려 나뿐만이 아니라, 동료들도 함께 움직일 수 있는 기회가 생긴 셈이다.

"하… 어디서부터 이렇게 가속이 붙기 시작한 거지?"

나는 살짝 열어놓은 창문 사이로 비집고 들어오는 서늘한 바람의 한기에 긴 한숨을 내쉬었다.

짧게는 3년에서 길게는 5년을 예상했던 일들은 1년에서 2년 사이의 간격으로 줄어들었다.

생각 이상으로 성취가 빨라진 것은 마음에 들었지만, 그만큼 앞당겨진 미래들은 생각을 복잡하게 했다.

100번째 환생.

이번에도 허망하게 목숨을 잃는다면 정말로 내게 다음은 없었다.

99번의 예행연습.

그 많은 경험을 치르고도 또 실패한다면 스스로에게도 면목이 서지 않는 일이다.

꾸우욱.

나도 모르게 양 주먹에 힘이 들어갔다.

조용히, 어딘가에서 나를 지켜보고 있을 '그'.

그의 입가에 걸려 있던 비웃음의 입꼬리를 더욱 올라가게 하고 싶지는 않았다. 실패는 지금까지의 경험으로도 충분했다.

이번에는 반드시.

성공하고 싶었다.

그래야 이 지독한 환생의 악연을 끊고 고통을 마무리 지을 수 있을 테니까.

9장

로이니아

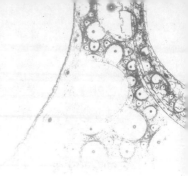

그날 저녁, 8병단의 일정이 확정됐다.

이틀 후에 출발하기로 결정이 됐다. 다만 인원의 조정이 있었는데, 테노스는 많은 수의 인원이 필요 없다 여겨 네 명만 선발했다.

구성원은 테노스와 나, 그리고 아론과 크리스티나였다.

조합만 놓고 보면 암살자 하나와 근접전에 능한 딜러 둘, 원거리 딜러에 해당하는 마법사 하나의 조합이었는데 나쁘지 않았다.

이 구성의 가장 좋은 점은 기동력이 좋다는 점이었다. 아론이나 테노스는 움직임이 가볍고 빨랐다. 크리스티나는 두말할 나위도 없고, 나는 마법으로 기동성을 극대화할 수 있다.

뽑히지 못한 다른 동료들은 볼멘소리를 냈지만 테노스의 결정에 반대하거나 토를 달지는 않았다.

테노스 용병단에는 항상 의뢰들이 끊임없이 밀려들어 왔고, 이번 모르고스 정탐에는 굳이 대규모의 인원을 동원할 필요까진 없었다.

위장은 자르가드의 복색으로 하기로 했다.

혹여 블랙 오크들에게 들킨다고 하더라도 자르가드의 소행으로 돌리기 위한 치밀한 준비였다.

이를 위해서 아주 사소한 부분이지만 위조된 자르가드의 신분증과 복색을 준비했고, 동선도 스페디스 제국에서 직선으로 이어지는 루트가 아닌 자르가드 방향으로 빙 둘러서 가는 우회 루트를 선택했다.

정말 블랙 오크가 전쟁을 일으킨다면 자르가드가 대상이 되는 것이 나았다. 정말 아쉬운 이야기지만 자르가드는 만에 하나라도 나와 대륙의 미래에 도움이 될 일은 없을 것이다.

자르가드와 신성 제국 간의 골은 돌이킬 수 없을 정도로 깊고, 이는 누군가가 나선다고 해서 해결될 문제도 아니었다. 성인(聖人)이 나서도 안 될 것이다.

과거 종족 간의 전쟁이 발발했을 때에도 자르가드는 그 전쟁을 기회 삼아 스페디스 제국의 본토를 노렸다. 동족, 그러니까 인류 간의 협력이 절실한 시점에서 뒤통수를 쳤던 것이다.

물론 해피엔딩일 리 없었다. 결국 자르가드도 종족 전쟁에 휘말렸고 되려 자르가드의 본토가 대규모 전장이 되었다.

쑥대밭이 되어버린 것이다.

그래서 나는 단언할 수 있었다. 자르가드는 앞으로도 도움이 되지 않을 것이라고.

테노스는 밤을 새워가며 여러 가지 브리핑을 했다.

정보 길드를 통해 입수한 정보들은 케플린이 가져온 묵은 정보들과는 달리 신선했고, 좀 더 수월하게 모르고스 산맥으로 들어갈 수 있을 만한 루트에 대한 이야기도 있었다.

네 명이 움직이되, 2인 1조로 거리를 두고 움직이기로 결정이 됐다. 나와 함께 움직이게 된 것은 단장 테노스였다. 그와 단둘이 호흡을 맞춰보는 것은 이번 생에서는 처음이었지만 과거에 몇 번의 경험이 있었기 때문에 생소하진 않왔다.

테노스는 상당히 공격적인 성향을 가진 사람이다. 나 역시 적극적인 움직임과 공격을 선호하는 만큼, 호흡은 잘 맞았다.

오히려 방어적인 성향이 다소 짙은 아론과 공격적인 성향의 크리스티나가 호흡이 잘 맞을지 의문이었다.

＊　　　＊　　　＊

다음 날 점심 무렵.

용병단에는 뜻밖의 손님이 찾아왔다.

로이니아였다.

오빠인 아론은 개인 의뢰를 수행하기 위해 새벽에 출발하고 없었다. 밤늦게나 복귀할 것이고 내일 새벽에 함께 이동하게 될 터였다.

"로이니아, 무슨 일로 온 거야? 아론 형님은 오늘 공식 일정이 있으신 날인데……."

나는 로이니아가 왜 이곳에 왔는지 알면서도 모르는 척 그녀의 마음을 떠보았다.

내 입으로 말하기에 낯간지러운 이야기가 될지도 모르겠지만, 그녀는 나를 보러 온 것이다.

216 환생 마법사

한껏 차려입은 옷, 그리고 힘을 잔뜩 준 얼굴의 화장이 그녀의 감정을 말해주고 있다.

"편히 쉬다 오렴. 난 혼자 있어도 괜찮으니 간만에 둘이서 바람 좀 쐬고 와. 에고스, 편히 쉬다가 저녁에 만나도록 하죠."

"괜찮으시겠습니까, 아가씨?"

"어린아이가 아니잖아요. 잠시 저만의 시간을 가지고 싶어요."

"알겠습니다. 그러면 아가씨께서 저녁에 머무실 만한 곳을 알아보고 분부하신 대로 휴식을 취하고 있겠습니다."

"그래요."

그녀의 말에 에고스라 불리는 집사와 하녀 둘이 시가지 방향으로 사라졌다.

하녀들은 잔뜩 신이 나 있었다. 용병단의 거리에는 눈으로 보기만 해도 호강이라 느낄 정도로 외모가 준수하고 몸이 좋은 용병들이 많았다.

물론 대부분이 B급이나 C급의 생활 용병들이었지만, 어쨌든 거리의 장정들에게 자신이 소속된 용병단을 안내하는 모습은 인상적이었다.

집사 에고스는 눈을 어디에 두어야 할지 모른 채, 헤벌쭉하게 입을 벌리고 있는 하녀들을 다그치며 어디론가 향했다.

"보고 싶어서. 레논이 보고 싶어서 왔어. 오빠를 보러 온 게 아니야."

"후후."

로이니아는 정말 예전과 비교하면 다른 사람이라 느낄 정도로 솔직해졌다. 그녀의 표현에는 거침이 없었다.

물론 때때로 여자들의 내숭 비슷하게 살짝 빼거나, 말을 돌리거나, 혹은 표현하려다가 마는 경우가 있기는 했다.

하지만 결국 본인이 참지 못하고 속마음을 털어놓곤 했다.

나 역시 그런 로이니아를 상대로 밀고 당기기를 하거나 마음을 숨기지는 않았다. 그렇게 만들어진 나와 로이니아 사이의 관계, 모습이 바로 지금이었다.

모르고스 산맥으로의 출발은 내일이고 오늘 공식 일정은 없었다.

마침 주어진 여유 시간.

나는 테노스에게 외출에 대한 보고를 간단히 올린 뒤 용병단을 나섰다.

*　　　*　　　*

로이니아는 사람들이 붐비는 번화가보다는 인적이 드문 산길이나 그 근처의 산책로를 따라 걷는 것을 즐겼다.

　그녀가 살고 있는 소렌 남작가 근처도 번화가가 아닌 인적이 드문 곳이었다. 그녀는 다른 여자들과 달리 쇼핑을 즐기거나 보석이나 화장품 같은 것을 구입하는 것에는 큰 관심이 없었다.

　그래서인지 로이니아는 번화가 대신 꽃이 예쁘게 핀 산길이 있으면 그곳으로 가자고 했다. 나는 중간에 몇몇 음식점에 들러 로이니아와 함께 산길을 따라 걸으며 요기를 할 수 있을 만한 것들을 샀다.

　그녀가 좋아하는 바게트부터 해서 잘 다듬어진 과일, 그리고 마실 것들까지. 마치 소풍을 나온 듯한 느낌으로 시작한 데이트였다.

　"깜짝 놀랐지?"

　"예상도 못 했어. 보통은 내게 알리고 왔었으니까. 그래도 아론 님이 아닌 날 보러 와줬다고 하니 기분이 좋은데? 나도 로이니아가 보고 싶었고."

　꾸욱.

　나는 로이니아의 손을 좀 더 따뜻하게 꽉 맞잡았다. 그녀의 입가에는 미소가 한가득 걸려 있었다. 그녀의 시선은 정면이 아닌, 옆에 있는 내게로 고정되어 있다.

그녀가 아닌 남이었다면 부담스러울 수도 있는 시선이지만, 내겐 그녀의 그런 눈빛이 정말 사랑스럽게 느껴졌다.

휘이이이이—

따스한 산들바람이 꽃 내음을 머금은 채 나와 그녀를 훑듯 스쳐 지나갔다.

"아, 좋다. 나는 이래서 조용한 산책로가 좋아. 이렇게 꽃이 필 때면… 조용히 혼자서 이 향기들을 모두 독점할 수 있으니까. 복잡한 머리를 식혀주고 헝클어졌던 마음을 정리해주는 느낌이라서. 그래서 좋아."

"우리가 처음 만났던 것도 바로 산책로에서였잖아. 아직도 난 기억이 생생해. 그런데 로이니아는 그때보다 훨씬 더 예뻐졌어. 그리고 더 예뻐질 거야. 정말 로이니아, 너는 매력적인 여자야."

나는 가감없이 그녀에게 마음을 표현했다.

사실이기도 하다. 로이니아의 외모는 단연 으뜸이라고 할 수 있을 만큼 예뻤다.

평소 화장을 옅게 했을 때도 예쁘다고 느껴지는 얼굴은 오늘처럼 세심하게 신경 써서 화장을 했을 때면 더욱 예뻤다.

"아니야. 그렇게 예쁜 건 아닌데……."

로이니아는 내가 하는 칭찬들 중 유독 부끄러워하는 말이 있었다. 예쁘다는 말. 어렸을 적부터 어머니를 여의고 자란 그녀는 칭찬을 자주 듣지 못했다.

아버지인 소렌 남작은 자신의 정치적 야망을 실현시키는 것이 목적인 사람이었고, 가족들에게는 감정 표현마저 인색한 사람이었다.

그리고 오빠인 아론은 로이니아에게 헌신적이지만, 말주변이 부족해 동생을 칭찬한 적이 많지 않았다.

그래서인지 로이니아는 내가 사랑스러운 여자, 예쁜 여자, 매력이 넘치는 여자… 같은 표현을 할 때면 마치 들어서는 안 될 말을 들은 것처럼 몸을 배배 꼬곤 했다.

"자신감을 가져, 로이니아. 로이니아는 세상 그 누구보다도 소중한 사람이야. 그리고 아름다운 사람이고."

"레논……."

산들바람이 기분 좋게 부는 산책로의 한가운데에서.

그녀가 잠시 멈춰 섰다. 그리고 살며시 내 품으로 안겼다.

내 얼굴 언저리에 닿은 그녀의 머릿결에서는 아주 기분 좋은 향기가 느껴진다.

"로이니아."

"응?"

지그시 그녀를 부르는 나의 목소리에 로이니아도 부드러운 눈빛으로 나를 바라본다.

살짝 올려다보는 그녀의 눈빛.

순수함이 가득 묻어나는 그녀의 눈빛에는 사랑이 가득했다.

로이니아의 저 순수한 눈빛은 나는 절대로 가질 수 없는 눈빛이다.

오랜 삶의 반복으로 차갑게 식어버린 감정선은 순수함을 잃어버렸다. 이것은 어쩔 수 없는 나의 숙명과도 같은 일이다.

나는 그녀에게 사랑한다는 말을 하려다가 입 밖으로 나오기 전에 그 말을 삼켜 버렸다.

아직 그녀에게 사랑을 속삭이기에는 부족하다. 이 시대를 살고 있는 남녀에게 '사랑'이라는 단어는 현대처럼 쉽게 내뱉을 수 있는 말은 아니다. 평생을 함께할, 그리고 책임을 질 준비가 되었을 때 마지막으로 하는 말인 것이다.

쪽.

나는 하려던 말 대신, 그녀의 얼굴을 살며시 끌어당겨서는 분홍빛을 띠고 있는 그녀의 입술에 내 입술을 맞췄다.

부드러운 그녀의 입술, 그 감촉이 내 입술을 타고 느껴진다.

버드 키스(Bird Kiss).

가벼운 입맞춤을 하고 다시 시선을 돌려 걸으려던 나는 내가 물러서지 못하도록 머리 뒤쪽을 끌어당기는 그녀의 적극적인 제스처에 움직임을 멈췄다.

쪽. 쪽. 쪽.

짧은 입맞춤이 아쉬웠던 걸까?

물러서려던 나를 붙잡은 로이니아는 조금 더 빠르게, 그리고 입술이 확실하게 포개지도록 입맞춤을 했다.

여전히 그녀는 두 눈을 감고 있었지만, 어느새 발그레하게 변한 양쪽 볼에서는 살짝 달아오른 그녀의 감정이 느껴졌다.

순식간에 불타오르는 감정.

그 순간, 나 역시 가벼운 입맞춤으로 끝내려던 마음이 변했다. 적극적으로 다가오는 그녀의 스킨십을 피하고 싶은 생각은 없었다.

화악!

"......!"

나는 로이니아를 다소 거칠게 내 쪽으로 끌어당겼다.

그러자 꾸준한 운동과 관리로 제법 쓸 만한 근육질의 몸

매로 다져진 가슴 한복판으로 로이니아가 안겼다.

나는 그녀를 꼭 끌어안은 채, 나를 발그레한 볼과 부끄러운 눈빛으로 올려다보고 있는 로이니아에게 딥키스를 이어가기 시작했다.

꼭 감은 두 눈.

아무것도 보이지 않게 되자, 더더욱 입술과 혀끝에서 느껴지는 감촉이 극대화된다. 격정적인 키스의 모든 과정에서는 말로 형언할 수 없을 달콤함이 끊임없이 묻어났다.

주고받는 서로의 달콤한 느낌 속에 감정은 더욱 고조되고 불타오른다.

이런 감정들은 내가 과거에도 몇 번이고 느꼈던 감정들이지만 항상 새로웠다. 특히나 로이니아와는 이번처럼 가까워졌던 적이 과거에는 없었다.

즉, 내게 지금 로이니아와의 연애는 반복된 경험이 아닌 새로운 경험이었다. 그래서 내게는 더 특별하게 느껴졌다.

그녀에게 느끼고 있는 지금의 내 감정과 관계는 과거에 몇 번이고 학습된 '예측 가능한 것'이 아니었기 때문이다.

"이번에는 어디로 가는 거야? 아냐, 대답하지 마. 용병단의 일이니까."

"오래 걸리진 않을 거야. 괜찮아."

"아론 오빠도 항상 그렇게 얘기하곤 했었어. 오래 걸리지 않아, 괜찮아, 별일 없을 거야. 그러다가 얼굴이나 몸에 한가득 상처를 가지고 집에 돌아왔었어. 그래서 항상 오빠보고 거짓말쟁이라며 화내고 그랬었는데……."

한차례 불꽃처럼 타오르는 사랑의 교감을 나누고 난 뒤, 나와 로이니아는 다시 산들바람이 부는 길을 따라 걷고 또 걸었다.

로이니아의 눈빛에서는 걱정이 묻어났다. 그녀의 걱정이 과장된 것은 아니었다.

실제로 용병들은 더 많은 보수와 명예를 위해 무리해서라도 위험한 의뢰를 수행하려고 하는 경우가 많았고, 당연히 그에 비례해서 위험에 노출되는 경우도 많았다.

다만 용병들이 죽는 것은 자주 있는 일이고, 그러다 보니 어떤 용병이 죽었다고 해서 사람들에게 널리 알려진다거나 큰 소식이 되는 것도 아니었다.

하지만 용병을 가족으로, 그리고 이렇게 연인으로 두고

있는 사람에게는 항상 이 사람이 '살아서 돌아올 수 있을까' 하는 걱정이 있을 수밖에 없는 것이다.

"정말 괜찮아. 벌써 용병단에 들어온 지도 한참이 지났어. 하지만 상처 하나 없잖아. 그리고 아론 님까지 내가 꼭 지켜드릴 거니까. 걱정하지 않아도 돼. 마법은 정말 많은 도움이 되거든."

"레논."

"응?"

"우리 두 번째로 만났을 때, 기억해? 내게 보여줬던 마법들도? 핑크빛 폭죽처럼 만들어주었던 그 마법 말이야."

"기억하지."

당연히 기억하고 있다.

우울해 보이는 그녀에게 신선한 충격을 주기 위해 만들어냈던 라이트 마법의 핑크빛 구체.

그녀의 앞으로 날아가 반짝이며 터진 구체들은 마치 폭죽처럼 사방으로 흩어져 그녀의 탄성을 자아냈었다.

그때만 해도 소렌 남작이 정략결혼의 희생양으로 로이니아를 생각하고 있던 때였고, 그녀 역시 비관적인 생각으로 가득했던 때였다.

과거의 흐름대로였다면 목숨을 끊었을 그녀.

하지만 지금은 내 옆에서 이렇게 살아 숨 쉬고 있었다.

소렌 남작은 다른 배우자를 찾아 재혼을 했고, 본인 스스로가 정략결혼의 대상이 된 셈이 되었다.

덕분에 로이니아는 자유로워졌다.

부친인 소렌 남작이 그녀를 신경 쓰지 않았기 때문이다. 그는 충실한 케플린 공작의 하수인으로서 더러운 일들을 손수 처리하기에 바빴다.

보통의 집안이라면 아버지가 딸을 챙겨주지 않는 것이 슬픈 일처럼 느껴지겠지만, 적어도 소렌 남작가는 아니었다.

로이니아는 자신만의 삶을 살며, 태어나서 처음으로 자유로운 기분을 만끽하고 있는 중이었다.

그렇기에 아론이나 나를 만나기 위해 오는 것도, 그리고 그녀를 만나는 것도 자유로웠던 것이다.

"자, 앉아봐."

나는 마침 길가 옆으로 보이는 평평한 바위에 그녀를 앉혔다. 물론 그녀를 앉히기 전에 클린 마법으로 위를 깨끗하게 만들어두는 것을 잊지 않았다.

"괜찮아, 그냥 앉아도."

"할 수 있는데 안 할 필요는 없지."

주머니에서 꺼낸 손수건을 그녀가 앉을 자리 위에 깔아주고, 로이니아가 앉았다. 그녀는 기본적인 매너에도 어색

함을 느꼈는지 괜찮다고 했지만 할 수 있는 일을 안 할 필요는 없었다.

"아아, 좋다."

눈앞에 펼쳐진 도시의 광경은 아름다웠다.

봄기운이 만연한 도시에서는 생기가 묻어났고 그 뒤로 펼쳐진 산들에는 형형색색의 아름다운 색깔들로 채워져 있었다.

"자, 손을 올려봐."

"이렇게?"

"잘했어. 자, 가만히 있으면 돼. 손가락 위에 뭔가가 생겨도 놀라지 말고."

나는 정면을 향해 오른손을 들어 올린 로이니아의 검지 끝에 마나의 기운을 만들어 주었다.

그녀의 몸에 강제로 마나를 주입하려 하면 문제가 되겠지만 이렇게 손끝에 가볍게 구체를 만들어주는 것은 전혀 문제가 없다.

그리고 그녀의 손끝에만 아주 약한 마나를 부여해서 기본적인 컨트롤만 가능하게 하면 마법 체험은 끝이다.

보통 이 과정에서 실수를 할 경우 상대에게 피해를 줄 수 있어 웬만한 마법사들은 시도조차 안하는 일이지만, 내게는 어렵지 않은 일이었다.

"와!"

로이니아의 손끝에 보랏빛의 구체가 생겨나자 그녀가 탄성을 터뜨렸다. 긴장한 듯 손가락 끝이 부르르 떨렸다.

"구슬을 손가락으로 툭 쳐서 멀리 보낸다는 느낌으로 밀어내 봐. 그러면 알아서 저 녀석이 날아가면서 빛을 낼 거야."

"괜찮은 거야?"

"물론이지."

"와, 와, 와……."

로이니아가 신기해하며 조심스럽게 검지 끝을 튕겼다. 하지만 힘이 부족했는지 구체는 제자리에 있었다.

"조금 더 세게."

흔들리는 로이니아의 손목을 붙잡아주며 넌지시 말을 이었다. 맞닿은 따뜻한 내 손이 큰 힘이 되었는지, 로이니아가 마른침을 한 번 꿀꺽 삼키고는 다시 손가락 끝을 튕겼다.

휘이이이이!

그러자 바람을 타고 보랏빛 라이트 구체가 포물선을 그리며 날아갔다.

파팟! 팟!

그리고 보랏빛의 폭죽이 터지듯 사방으로 빛의 조각들을

흩뿌리며 사라졌다.

"정말 신기해! 그때도 그랬지만… 정말 마법은 너무 신기한 것 같아."

"잘 봐."

로이니아의 얼굴에는 미소가 가득했다.

신기해하는 모습 속에서는 때묻지 않은 순수함이 묻어났다. 차갑고 도도해 보였던 외모 속에는 어린아이 같은 천진난만함도 함께 있었던 것이다.

파팟! 팟! 팟!

"와!"

나는 순식간에 여러 개의 라이트 구체를 만들어냈다.

총 일곱 개. 일곱 색깔. 무지개 색으로 이루어진 라이트 구체의 향연이었다.

파팟!

구체들을 한데 뭉치자 일곱 색이 아름답게 조화를 이루었다.

라이트 마법은 보기와 달리 마나의 소모량이 많고 구체의 개수를 늘려갈 때마다 마나 필요량이 기하급수적으로 증가해 보통 하나만 사용하는 것이 일반적이었다.

하지만 내게는 다수의 라이트 구체를 만들어낼 만한 마나가 충분했고, 그녀에게 보여주는 것은 어렵지 않았다.

휘유우우우!

펑! 퍼펑! 펑!

"너무 예뻐……."

내 손끝을 떠나 하늘로 솟구친 라이트 구체가 터지자 일곱 빛깔의 조각들이 사방으로 흩뿌려졌다. 로이니아는 한참을 빛의 향연에서 시선을 떼지 못한 채 계속 보고 또 보았다.

그리고 마지막 빛의 조각이 공기 중으로 사라지고 나서야 다시 내게로 시선을 돌렸다.

"와줘서 고마워, 로이니아. 정말 큰 힘이 됐어."

"아냐, 나도 레논을 봐서 큰 힘이 되는 걸. 레논, 지금까지 잘 그래왔지만, 앞으로도 절대 무슨 일이 있어서는 안 돼, 알았지? 레논… 꼭 아무 일도 없어야 해! 꼭!"

"걱정 마. 그럴 일 없을 테니까."

"잘 다녀와, 레논. 기다리고 있을게."

나는 로이니아의 걱정과 당부에 그녀를 꼭 끌어안는 것으로 답을 대신했다.

그리고 한참을 서로의 체온을 느끼며 꼭 끌어안은 채… 아무 말도 하지 않았다.

로이니아는 저녁 해가 질 때까지 내 곁에서 함께 많은

이야기를 나누고 재미있는 이야기들을 들려주었다. 나 역시도 시간이 가는지조차 몰랐을 정도로 즐거운 시간이었다.

이미 어둑어둑해진 하늘. 그리고 어느새 몰려온 먹구름이 하늘을 가득 메우고 있었다. 당장에 장대비를 쏟아내더라도 이상할 것이 없는 하늘이었다.

"더 있고 싶은데……."

로이니아는 자신을 데리러가기 위해 온 집사와 하녀들을 보고는 아쉬운 손길로 내 손을 붙잡았다.

그녀의 은근한 눈빛에서는 평소와는 다른 유혹의 손길이 느껴졌지만 아쉬움을 뒤로한 채 나는 로이니아를 보내주었다.

* * *

시간은 물 흐르듯 빠르게 지나갔다.

"레논."

"응."

"내 곁에 있어줘서 고마워. 레논을 정말 많이, 아주 많이 좋아해. 정말 많이……."

여운을 남기는 뒷말에서는 그녀가 미처 꺼내려다 삼켜

버린 단어가 생각났다. 아직 이 시대의 여인들에게는 가볍게 입에 담기엔 의미가 깊은 단어다.

물론 지금의 이 표현만으로도 로이니아는 충분히 적극적이었다. 그녀가 귀족가의 여인이라는 것을 생각해 보면 파격이라 할 수 있을 정도의 표현이었다.

이것은 로이니아의 집안이 귀족가의 법도나 예의를 크게 신경 쓰는 집안이 아닌데다가, 그녀의 오빠인 아론 역시 개방적이고 적극적인 마인드를 가지고 있어 가능한 일이었다.

나는 로이니아와 뜨거운 포옹을 나눈 뒤 그녀에게 가벼운 입맞춤을 했다.

그리고 로이니아는 자신을 기다리고 있던 집사와 하녀들을 따라 다시 소렌 남작가로 향했다.

대륙이 더 거센 풍랑에 휘말리기 전에 나는 로이니아와의 관계를 어떻게든 확실하게 해두고 싶다는 생각을 했다.

물론 긍정적인 방향으로다. 어차피 다른 누군가를 마음에 두고 있는 것도 아니고, 그녀에게 사랑의 감정을 느끼고 있는 나다.

물론 변수가 아예 없는 것은 아니니 신경은 쓰였다. 나

는 이번 의뢰를 마치고 돌아오는 대로, 카터를 만나 아이
린에게 짝이 될 만한 사람을 찾도록 압력을 넣을 생각이
었다.

아이린의 나이면 지금 결혼을 한다고 해도 이상할 것이
없는 나이였으니까.

*   *   *

그날 밤.

내일의 이동을 위해 일찌감치 잠이 든 크리스티나와 달
리, 나는 작업실에 남아 생각들을 정리하고 있었다.

이후의 안배를 다시 한 번 점검하고 싶었다.

이미 오크들에게서 수상한 조짐이 감지된 만큼, 블랙 오
크로 인해 촉발될 가능성이 높아진 전쟁을 막을 수는 없게
되었다.

인간들에 대한 오크들의 적대감은 아주 오래된 것이고
몇 마디 말이나 회유로 돌릴 수 없는 것이었다.

이 오크들의 뒤에는 블랙 드래곤이 있다.

드러내놓고 지원해 주고 있는 것은 아니지만 오크들이
다양한 능력을 얻을 수 있도록 이미 치밀한 안배를 해둔 상
태다.

과거의 오크들은 그저 본능을 따르며 우악스런 무기들을 이용해 싸우는 미개한 종족이었지만, 지금은 오크 메이지(Orc Mage)가 존재할 정도로 고등 문명이 되어 있었다.

블랙 드래곤들로부터 사이한 기술을 얻은 블랙 오크들은 자신의 체력과 수명을 소진하여 더욱 강해지는 일종의 버서크(Berserk) 상태에 돌입하거나 생체 능력을 흡수하여 마법을 쓰는 식의 흑마법에 가까운 기술들을 쓸 수 있었다.

블랙 오크를 내가 경계하는 것은 이 때문이다.

워낙에 개체수가 많은 블랙 오크들이 블랙 드래곤들로부터 기술과 능력을 전수받아 종족 전체가 변화하면서 엄청난 힘을 가진 개체로 거듭났기 때문이다.

"중간에 한 번 연결고리를 끊을 수 있으면 좋겠는데……."

인간들과 연계된 이종족 전쟁에는 가장 먼저 블랙 오크들이 뛰어들고 그 뒤를 이어 다크 엘프와 트롤, 오우거 등 다양한 족속이 합류하게 된다.

그중에서 드래곤과 오크를 제외하면 다음으로 중추적인 역할을 하는 것은 다크 엘프다.

그들은 인간들과 척을 질 만한 일을 한 적도, 반대로 인간들이 먼저 그들의 영역을 침입하거나 넘본 적도 없다.

다만 블랙 오크들과 인간들의 전쟁이 발발한 시점에서 이미 인간들이 돌이킬 수 없는 열세에 처한 것을 알고, 그 틈새에서 이득을 보기 위해 전쟁에 참여했던 것이다.

물론 이 결정은 다크 엘프 스스로가 내린 결정으로 블랙 오크나 드래곤의 요청이 아닌, 그들의 독자적인 판단이었다.

"그럼 드래곤과 엮일 수밖에 없겠지. 흠……."

생각은 더욱 깊어졌다.

드래곤이 와도 자신들의 생각, 의견, 판단을 고수하는 다크 엘프들이다.

그들에게 나, 아니, 대마법사로 불리는 메디우스가 간다고 해도 인간을 도우라거나 혹은 오크들을 공격하자거나 하는 제안은 소용없을 것이다. 그들 스스로가 결론을 내리지 않는 한.

다크 엘프의 마음을 돌리려면 그 계기가 될 만한 물건이 필요했다.

적어도 그들의 환심을 사고 내가 원하는 바를 요구할 수 있는 바로 '그 물건'이.

그 물건이란 다크 엘프의 붉은 심장이라 불리는 고대의 아티팩트를 말한다.

지금으로부터 500여 년 전, 다크 엘프가 블랙 드래곤에게 강탈당한 아티팩트로 다크 엘프의 탄생 근원과 비밀이 담겨진 신성한 물건이기도 했다.

"이번 모르고스 행은 그 여느 때보다도 중요한 발걸음이 되겠군."

나는 우선 생각을 여기서 매듭지었다.

블랙 오크들이 얼마큼 준비를 했고 진행을 했는지가 중요했다.

아울러 스페디스 제국 남부를 물바다로 만들 블랙 오크들의 계획이 진행되고 있는지도 확인해야 했다.

눈으로 보고 확인된 것이 어느 정도냐에 따라 이후의 대처도 달라질 터.

나도 모르는 사이, 어느새 등골을 타고 느껴지는 긴장은 한참을 가실 줄을 몰랐다.

10장

죽음의 땅

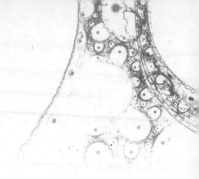

　"단장님은 어떻게 생각하십니까? 그동안 지휘기 정말 많은 대상을 두고 의뢰를 받았지만 이번 블랙 오크는 처음 아닙니까. 게다가 제국에서도 직접 나서기를 껄끄러워할 정도라면 보통 일은 분명 아니고요."

　"이틀간 브리핑했던 그대로다. 다양한 경우를 생각할 수 있겠지만, 이쯤이면 가장 최악의 경우일 가능성이 높지. 그것보다 정말 방심하면 죽을 수도 있는 곳이 모르고스 산맥이니⋯ 긴장을 늦추지 않도록 해."

　다음 날 새벽.

나와 테노스, 아론과 크리스티나는 날이 밝기 전에 준비를 마친 뒤 모르고스 산맥으로 출발했다.

늘 그랬듯이 주변 지역까지 이동하는 과정에는 텔레포트 마법진을 이용했다.

이제 내게는 의미가 없어진 텔레포트 마법진이었지만, 아직 나는 동료들에게는 내가 6클래스에 진입했다는 사실을 알리지 않고 있었다.

스무 살이 채 되기도 전에 6클래스에 진입한 마법사. 처음부터 평범하진 않았지만 이 정도가 되면 지나치게 특별하다고 할 수도 있을 정도다.

내가 굳이 6클래스에 진입한 사실을 알리지 않은 것은 굳이 그럴 필요성을 느끼지 못했기 때문이다.

누군가에게는 기분 좋은 소식일 수도 있겠지만, 다른 누군가에게는 신경이 쓰이는 이야기가 될 수도 있는 만큼 시일을 최대한 늦출 생각이었다.

"레논, 넌 어떻게 생각하나? 블랙 오크들의 움직임에 대한 정보를 들었을 테니 생각한 바가 있겠지?"

테노스가 내게 물었다.

그는 항상 어떤 중요한 사안이나 냉정한 판단이 필요한 안건이 있을 때면 꼭 내게 묻곤 했다.

그것은 내가 달리 그에게 어떤 어필을 해서가 아니라 과거의 경험을 바탕으로 냉정하게 판단하고 똑 부러지게 말하는 내게서 신뢰를 느꼈기 때문일 것이다.

물론 테노스는 내가 수많은 환생의 삶을 살았다는 것을 알지 못한다.

하지만 나와 대화를 하면서 남들과는 다른 깊이가 있다는 것 정도는 충분히 깨달았을 터다.

"다른 것들은 제외하고라도 모르고스 산맥을 넘어 국경 지대에서 전투를 벌이고 군인들을 해친 순간부터 이미 도발을 한 것이나 다름이 없습니다. 오크들이 어느 순간 갑자기 인간들에게 적대적으로 변한 것이 아닙니다. 인간들에 대한 원한은 오래전부터 가지고 있었죠. 하지만 블랙 오크들이 그들의 잔혹한 본성과 호전성을 드러내지 않은 것은 인간들을 상대로 한 전쟁에서 자신이 없었기 때문입니다."

"좀 더 얘기해 봐."

걷는 도중이었지만 테노스는 내 말에 더욱 집중했다. 덩달아 아론과 크리스티나의 시선도 내게로 향했다.

"하지만 먼저 모습을 드러냈고 얼마든지 전쟁의 트집으로 잡을 수도 있는 교전을 이미 블랙 오크가 치렀습니다. 이걸로 도발은 충분히 되었다는 거죠. 다시 말해서 블랙 오크가 인간들을 상대할 준비가 끝났다는 이야기입니다."

"하지만 블랙 오크들은 여전히 미개하지 않나? 물론 지금 전쟁이 벌어진다면 초반에는 다소 밀릴 수도 있겠지. 하지만 우리 제국의 규모는 상당하고 저 블랙 오크들을 상대하지 못할 정도는 아니라고 보는데."

테노스의 말에 아론이 고개를 끄덕였다.

이방인 출신으로 아직까지 우리 대륙의 역사를 자세히 잘 알지 못하는 크리스티나에게는 약간 먼 얘기다. 하지만 이 대륙에서 살아오며 기본 교육 과정에 따라 역사를 배운 사람이라면 당연히 하는 생각이 테노스의 말과 같다.

여전히 사람들에게 오크들은 미개한 종족이었다. 죽은 동물의 시체를 하이에나처럼 뜯어먹으며, 더러운 물을 마신다.

일부일처와 같은 구분이 없어 난교를 즐기며, 본능을 따라 움직이기 때문에 생각과 판단이라는 것을 하지 못한다.

이것들이 공통된 생각이었다. 그리고 실제로 과거의 오크는 인식대로 그러했다.

하지만 지금의 오크는 수십 년 전부터 시작된 변화를 바탕으로 질서정연한 지휘 체계 속에서 완벽하게 컨트롤되고 있는 하나의 거대한 조직이었다.

블랙 오크들은 오크 로드 게우게스의 말을 무조건적으로 따르며, 그가 만들어 놓은 질서와 체계를 무너뜨리려 하지 않았다.

오크 메이지들은 꾸준히 사이한 마법들을 연성해 왔고, 시간이 흐르면서 그 강도는 더욱 높아졌다.

게다가 오크 전사들은 개개인의 전투 능력뿐만 아니라 멧돼지나 말 같은 것들을 이용한 기동력 있는 전투를 펼칠 수도 있었다.

인간과 다를 것이 없는 셈이다.

"냉정하게 제국의 현 시점을 생각할 때, 그렇다고 장담할 수 있으시겠습니까?"

나는 예리하게 테노스의 빌을 되받았다.

지금의 스페디스 제국은 이빨 빠진 호랑이와 같다. 여전히 신성 제국 동맹의 맹주국으로서 가장 큰 영토를 차지하고 있는 것은 사실이지만 그뿐이었다.

오랜 평화, 그 평화 속에서 안으로 곪고 썩어들어 간 스페디스 제국의 현 상태는 심각했다.

과거에는 강력한 군왕을 중심으로 모든 영주들이 충성을 바치며 필요에 따라 자신들이 양성한 강력한 군대를 군왕을 위해 파견하며 힘을 더했지만…….

지금의 영주들은 자신들의 영지를 지키기에도 힘에 겨워했다.

토키 백작처럼 강력한 군대를 양성하며 미래를 대비하고 있는 영주는 열에 하나둘밖에 없었다.

강력한 군사 100명을 양성할 돈만 줄여도, 영주가 살고 있는 저택의 규모를 바꾸고 호화찬란한 파티를 얼마든지 즐길 수 있었다.

대부분의 영주들이 겨우 100명쯤이야… 하는 생각으로 군비를 야금야금 줄였고, 그러다 보니 전력에는 발전이 없었다.

"후후, 냉정하게 본다면 당장 코앞이 걱정이지."

"레논, 과연 블랙 오크들이 정말 전쟁을 일으킬까?"

아론은 여전히 블랙 오크들이 인간을 두려워하고 있다고 생각하는 것 같았다. 지금까지 블랙 오크들이 저자세였으니 당연한 생각이다.

"제국이 안으로는 부정부패, 밖으로는 군사력 약화로 무너지고 있는 판인데, 오랜 원한을 가지고 있는 블랙 오크 입장에서는 해볼 만한 싸움이죠. 지금 전쟁이 벌어지면, 제대로 훈련도 되지 않은 각 영지군들은 각개격파될 겁니다."

"그래서 이번 정탐이 더 중요한 것이지. 과거에 오크들을 정벌할 수 있었지만, 그럴 수 없었던 것은 바로 저 빌어먹을 모르고스 산맥이 거대한 죽음의 땅과도 같았으니까 말이야."

"그렇습니다."

테노스의 말에 나는 고개를 끄덕였다.

모르고스 산맥은 그야말로 천혜의 요새였다. 변화무쌍한 기후에 한 번의 실수가 죽음으로 이어질 수도 있는 다양한 함정과 비현실적인 공간이 산재해 있는 곳이었다.

"수집된 정보로 굵직한 위험 장소는 피해갈 수 있겠지만, 알려지지 않은 곳이 있다면 위험할 수 있어. 다들 긴장 확실하게 하도록 해."

"괜찮으시다면 제가 앞장서도 되겠습니까?"

"이유가 있나?"

테노스의 말대로 모르고스 산맥은 그야말로 하나 건너 하나가 함정일 정도로 위험한 지역이 많았다.

언뜻 보기에는 평범한 지면 같아 보여도, 들어서는 순간 물렁한 땅으로 변하며 늪처럼 빠져드는 경우도 비일비재했다.

99번의 삶을 반복해서 살면서, 내가 가장 신경 썼고 기억했던 부분들 중 하나가 바로 모르고스 산맥에 대한 것이었다.

모르고스 산맥은 그 끝을 타고 드래곤들의 영역까지 이어진다.

즉, 모르고스 산맥을 통하지 않고 드래곤들의 영역으로 진입하는 것은 어렵다.

다른 루트가 있지만 상당히 돌아가야 하는데다가 그런 곳에는 드래곤들이 쉽사리 외부인들이 들어오지 못하도록 안배를 해두었기 때문이다.

지금은 웃으면서 할 수도 있는 이야기지만, 과거 몇 번의 삶은 모르고스 산맥에서 죽었던 적도 있었다.

함정에 빠져 허망하게 죽었던 삶이지만, 지금 생각해 보면 다 경험이 되고 기억이 되는 중요한 것들이었다.

"어렸을 때부터 이쪽으로 자주 다니던 약초꾼 아저씨들이나 귀동냥으로 들은 이야기들이 있습니다. 알려진 것보다는 좀 더 위험요소를 빨리 캐치할 수 있을 겁니다."

"그렇다면 그렇게 하지. 하지만 모르는 곳을 무리해서 갈 필요는 없다."

"물론입니다."

테노스의 허가가 떨어지고.

내가 일행의 정면에 앞장섰다.

구르르르릉.

어제부터 시작된 비는 계속해서 추적추적 내리고 있었고 하늘은 여전히 어두웠다.

시간은 대낮이었지만, 주변은 초저녁이라 해도 무방할 정도였다.

우리는 일찌감치 준비해서 입고 나온 우의의 빗물들을 떨쳐낸 채, 발걸음을 서둘렀다.

＊　　＊　　＊

모르고스 산맥의 초입까지 약 5km 정도를 남기고.

휘이이이이.

우리는 황량한 비바람만이 불고 있는 인기척 하나 없는 마을에 도착할 수 있었다.

사람들이 살던 온기는 이미 비바람에 씻겨 나가고 없는 유령 마을, 무르가즈였다.

불과 15년 전까지만 해도 무르가즈는 모르고스 산맥으로 향하는 약초꾼들이 반드시 들리는 곳이었다. 때문에 숙박업이 호황을 이루었고, 덩달아 술과 유흥에 관련된 업종들도 함께 전성기를 이루었다.

하지만 모르고스 산맥의 지세(地勢)가 바뀌면서, 이쪽을 통해 모르고스 산맥으로 진입하는 루트였던 곳이 사지(死地)로

변해 버렸다.

모든 나무와 수풀, 약초들이 말라죽기 시작했던 것이다.

그러면서 약초꾼들의 발걸음이 끊겼고, 무르가즈는 아무도 살지 않는 마을이 되어버렸다.

다들 미련 없이 이곳을 버리고 떠난 탓에 지금도 여관의 흔적들이나 주거지는 존재했지만, 사람은 아무도 없었다.

그저 길 잃은 들고양이나 들개들이 추위와 바람을 피해 몸을 숨기는 안식처 정도가 되었을 뿐이다.

"클린. 클린. 클린."

그중에서 그나마 가장 상태가 나아보이는 여관 하나를 잡은 우리는 2층에 위치한 네 개의 방에 각자 자리를 잡았다.

나는 각 방을 돌아다니며 계속해서 클린 마법을 시전했다.

그러자 먼지들이 씻겨 나가고, 묵은 때가 가득했던 침구들과 방 안의 외벽들이 말끔하게 새로이 단장됐다.

클린 마법은 시전자의 클래스가 높아질수록 그 정화의 강도와 범위가 상승하기 때문에, 지금의 내 클래스라면 방 하나를 순식간에 청소하는 것은 그다지 어려운 일이 아니었다.

"당장에 오크들이 뛰쳐나와도 이상할 곳 없는 공간이군요."

"밥은 제가 할게요. 마침 준비해 온 것들이 있으니까."

"괜찮겠어?"

"칼에 피만 묻히는 건 아니라구요. 호호."

여관 주변을 둘러보던 아론의 말에 크리스티나가 어느새 품속에서 꺼낸 단검을 이리저리 흔들며 말했다.

웃는 얼굴, 살기가 가득한 단검의 예리한 칼날.

이질적인 광경의 조합이었지만, 크리스티나는 콧노래를 흥얼거리며 주방으로 향했다.

*　*　*

휘이이이.

비바람은 더욱 세차게 불었다.

평소 같았으면 저녁을 앞둔 여전히 밝은 낮이었어야 할 시간이었지만, 이미 무르가즈에는 저녁이 찾아오고 있었다.

높게 솟은 모르고스 산맥은 먹구름 사이로 조금이나마 새어 나오는 햇빛을 막고 있었고, 모래를 동반한 비바람이

불자 무르가즈 전체가 순식간에 어두워졌다.

바스락. 바스락.

"……."

바로 그때.

어지러이 부는 비바람 사이로 수상한 기척이 들려왔다. 그것도 여관에서 그리 멀지 않은 곳에서 들려온 소리였다.

바로 검에 손을 가져가려던 아론을 테노스가 저지했다.

그리고 크리스티나를 향해 조용히 눈짓을 보냈다.

기척이 들린 것은 여관 밖이었고, 그쪽도 이곳에 누군가가 있다는 사실까지는 모르고 있는 것 같았다. 이동하면서 왁자지껄하게 소리를 냈다거나 기척을 보였던 것은 아니니 그럴 공산이 컸다.

"……."

크리스티나가 조용히 숨을 죽인 채 계단을 따라 이동하기 시작했다.

어느새 우의를 벗고 클린 마법으로 잘 건조가 된 옷으로 갈아입은 크리스티나의 움직임은 가벼웠다.

계단을 따라 내려갔지만 움직이는 소리의 기척 하나도 들리지 않을 정도였다.

나는 조용히 창가로 이동해서 밖을 살폈다.

계속해서 불고 있는 비바람 때문에 시야 확보가 쉽지는 않았다. 하지만 저 멀리서 검은색 그림자 여럿이 움직이는 것은 볼 수 있었고, 그것은 사람의 것이라 하기에는 조금 작았다.

쿠케켁. 케켁.

크크켁!

쿠케케륵.

바람 빠지는 소리를 내는 것들. 바로 오크였다.

오크들은 성년기에 접어들게 되면 성대가 발달하게 되면서 저마다의 언어를 구사할 수 있게 된다. 지금 내 눈에 보이는 것들은 아직 어린 오크들이었는데, 아직까지도 오크 특유의 콧소리를 내는 녀석들이었다.

'산맥을 넘어왔어……!'

블랙 오크들, 그것도 어린 녀석들이 이렇게 쉽게 산맥을 넘어온다는 건 결코 좋은 조짐이 아니었다.

물론 녀석들 역시 잘 훈련된 전력이겠지만, 그동안 조심해 왔던 블랙 오크들의 모습을 생각한다면 있을 수 없는 일이었다.

쿠케케켁.

케켁.

크크켁켁!

그러는 사이 블랙 오크 셋이 여관 앞으로 다가왔다.

녀석들은 서로에게 무어라 중얼거리고 있었다. 오크들의 공식 언어는 알아들을 수 있지만, 유년기나 청년기 단계에서 나누는 그들 사이의 비음과 같은 것까지는 알아들을 수 없는 나였다.

하지만 킬킬거리듯 무언가 이야기를 주고받는 것으로 봐서는 무겁거나 심각한 이야기는 아닌 것 같아 보였다.

바로 그때.

끼이익, 파팟!

여관의 문이 열리기가 무섭게 크리스티나의 인영(人影)이 순식간에 블랙 오크들 앞으로 이동했다.

구와아아아아악?

순간 깜짝 놀란 블랙 오크 셋이 허리춤에 차고 있던 대검을 꺼내려는 사이.

쏴아아아악! 쏴악!

푸쏴아아악!

후드득. 후득.

주르르르르륵!

눈 깜짝할 사이에 크리스티나의 단검 두 자루가 블랙 오크 셋의 목을 신속히 갈랐다.

방금 전까지 임시로나마 야채를 다듬던 예리한 단검들이

었다.

그리고 잘려 나간 볏짚처럼 힘없이 오크들이 앞으로 고꾸라졌다.

순식간에 목숨을 잃은 오크들은 눈을 감을 새도 없이 거리 위에서 차가운 주검이 되어버렸다.

확실히 은밀하게 소수의 적을 상대하는 기습 작전에는 크리스타나가 일품이었다.

그녀는 공개된 전투, 그리고 다수를 상대하는 전투에는 약하다. 하지만 이렇게 적의 허를 찔러 소수의 적을 제거하는 데에는 특화가 되어 있었다.

덕분에 지금도 상대 오크들이 누구의 소행인지를 인지하기도 전에 상황이 종료되었다.

"무리에서 이탈한 낙오자는 아닌 것 같습니다. 그렇다면 이렇게 무장을 하고 무구까지 완벽하게 갖추고 있지는 않았을 겁니다. 정탐을 위해 왔다고 보기엔 부적절한 복장이지만, 그렇다고 아니라고 하기엔 무거운 복장은 또 아닙니다."

"산맥을 넘어올 줄이야. 이곳에 아직 적을 두고 있는 사람이거나, 혹은 연고가 불분명한 사람일 것이라 생각했는데……."

아론과 테노스는 적잖이 당황한 눈치였다.

모르고스 산맥은 아직 5㎞를 두고 있었다.

엄연히 말하자면 이곳은 사람들이 살았고, 또 살아야 하는 곳. 그곳에서 블랙 오크들을 마주했다는 사실이 당연하게 느껴질 리 없었다.

"음……."

나는 숨이 끊어진 오크들의 시신을 살폈다. 무장 상태도 깔끔하고 들고 있는 대검들 역시 잘 손질된 것이었다. 당장에 전투를 벌여도 이상할 것이 없는 무장이다. 아니, 전투를 하러 가는 듯한 무장이었다.

무르가즈에 인적이 끊긴 지는 한참 되었고, 무르가즈는 모르고스 산맥과의 접경지대이니… 최근 오크들이 국경지대에 모습을 드러낸 것을 생각해 보면 놀랄 일은 아니었다.

별도로 식량을 준비하거나 야영할 준비를 하지 않은 것으로 보면, 이 블랙 오크들은 예전부터 유령 마을이 된 무르가즈를 터전 삼아 들락날락하던 녀석들 같았다.

오늘도 늘 그랬듯이 적당한 곳을 찾아 머물다 갈 요량으로 온 것이지만 이번에는 놈들이 예상치 못한 '불청객'이 있어 순식간에 불귀의 객이 되어버린 것이다.

"확실한 건 좋은 조짐이 아니라는 겁니다. 우연의 일치라고 하기엔 블랙 오크들을 마주하는 빈도가 점점 높아지고 있습니다. 더욱 조심해야겠죠."

"우선 이놈들을 처리하지. 길거리에 둬서 좋을 것은 없으니."

테노스와 아론 그리고 나는 오크들의 시체를 근처에 보이는 다른 건물의 창고 쪽으로 옮겼다. 그리고 클린 마법진을 그려두어 당장에 부패가 진행되더라도 악취가 멀리 풍겨 나가지 않도록 했다.

혹여 다른 오크들이 이곳에 모습을 드러냈을 때, 부패하는 동료들의 시체에서 느껴지는 냄새를 감지하고 경계하는 일을 막기 위해서였다.

처리는 빠르게 끝났다.

그리고 예성했던 내토 씨기시 비비람을 피한 뒤 날이 걸히는 대로 이동하기로 했다.

모르고스 산맥은 이런 비바람을 뚫고 움직이기에는 위험 요소가 많은 곳. 날씨가 좋아지길 기다릴 필요가 있었다.

*　　　*　　　*

저녁 식사는 간단한 양송이 수프였다.

지금껏 크리스티나의 요리 솜씨를 본 적이 없어 맛이 어떨까 했는데, 급하게 만든 것치고는 맛이 꽤 괜찮았다. 준비해 온 조미료들과 잘 다져진 양송이를 넣어서인지 씹는 맛도 나쁘지 않았다.

　"어때요?"

　"괜찮은데."

　"맛있어. 크리스티나, 이 정도면 앞으로 요리를 맡겨도 괜찮을 것 같은데?"

　"오, 정말? 마음에 드는 거야? 정말 대충 손 가는 대로 끓인 거야. 맛없으면 어떨까 걱정했는데… 평균은 되는 것 같아?"

　"그 이상인걸."

　자신 없어 하는 크리스티나의 말에 나는 엄지손가락을 치켜세워 주었다.

　양송이와 약간의 야채 및 고기를 다듬은 것이 그녀가 오크들의 목을 베었던 검이라는 사실은 신경 쓰지 않기로 했다.

　테노스나 아론이나 모두 바깥 생활에는 도가 튼 사람들이라 전혀 개의치 않고 양송이 수프를 맛있게 먹는 모습이었다.

식사를 끝내고 나자 어느덧 저녁이 찾아왔다.

바람은 다소 약해지고 있었지만 빗줄기는 더 굵어졌고, 그래도 햇빛이 조금은 남아 있어야 할 저녁의 무르가즈는 밤이나 다름없는 어둠이 깔려 있었다.

주변은 모두 어두워지고 여관 로비와 계단에 켜 놓은 몇 개의 촛불만이 유일한 조명이 됐다.

촤르르르륵.

테노스는 미리 준비해 온 모르고스 산맥의 전도를 펼쳤다.

정보 길드를 통해 입수한 것으로 공백, 미확인 표시가 가득한 케플린 공작의 지도와는 내용의 질에서부터 차이가 나는 지도였다.

"지금 우리 위치가 여기죠."

테노스가 지도 위에 던져 놓은 몇 개의 말 중 하나를 집어 지도 아래쪽에 위치시켰다. 그 위에는 무르가즈의 이름이 적혀 있었고 바로 우리가 지금 두 발을 딛고 서 있는 장소였다.

"저 오크들은 아마 이 루트로 왔을 겁니다. 우리가 날이 걷히는 대로 이동할 루트이기도 하구요."

지도 위에 손가락으로 무형의 선을 긋자 동료들이 고개를 끄덕였다.

"우선 동선은 이렇게 잡고 이동을 할까 하는데… 브리핑 했던 대로 말이야. 위험 구간을 최대한 피하면서 가는 거지."

테노스가 구불구불하게 선을 그었다.

모르고스 산맥의 까다로운 점은 '죽음의 땅'이라는 별명이 나타내듯 자연적으로 만들어진 수많은 함정에 있다. 테노스는 정탐의 성격이 강한 이번 의뢰 수행에서 굳이 무리하고 싶지는 않아 보였다.

차라리 한바탕 블랙 오크들과 전투를 벌이는 것이라면 적극적으로 밀고 나가기라도 하겠지만 이번 의뢰는 그런 것은 아니었다.

당연한 말이지만 중요한 정보들을 두 눈으로 직접 보고 수집하려면 모르고스 산맥의 깊숙한 곳까지 들어가야 하기는 했다.

"모르고스 산맥은 블랙 오크들에게는 앞마당, 뒷마당에 있는 놀이터나 다름이 없는 곳입니다. 벌써 이렇게 근처의 도시에서 블랙 오크를 볼 수 있을 정도면… 모르고스 산맥의 외곽, 그러니까 접경지내에도 꽤 많은 오크들이 있을 겁니다. 이렇게 동선이 길어지면, 제가 보기에는 안으로 들어가기도 전에 교전이 벌어질 겁니다."

"직선 루트가 가장 빠르겠지. 이러면 다섯 곳이나 위험지대를 지나가야 해. 정보 길드도 이곳의 특성까진 파악하지 못했어."

"제가 이전에 말씀드렸지 않습니까? 제가 알고 있습니다."

"음……."

나는 자신 있게 말했다.

돌아가는 길은 직선으로 가는 길보다 하루에서 이틀이 지체될 수 있는 길이었다.

처음 브리핑을 할 때만 해도 차라리 주변을 모두 둘러보며 가는 것이 낫겠다 싶었지만, 이미 블랙 오크들이 산맥을 넘어오고 있는 시점에서 그렇게 여유 부릴 시간은 없었다.

게다가 거세게 내리고 있는 장대비도 심상치 않았다. 처음에는 국지적인 호우가 아닐까 싶었는데, 스페디스 제국 남부를 물바다로 만든 장마가 벌써 시작된 것이 아닐까 싶었다.

여러 가지로 신경 쓰이는 것들이 많아, 시간을 허비하기엔 아쉬운 점이 많았다.

"직선 돌파를 한다. 그러면 좀 더 깊숙하게 들어갈 수 있긴 하겠지. 확신할 수 있나? 레논, 무리를 했다가 위험에 빠지면 살아나가기 힘들 거야."

"자신 있습니다. 제가 먼저 앞장서겠습니다."

"음……."

테노스는 잠시 생각에 잠긴 듯 고개를 숙였다.

그로서는 당연한 고민이었다. 내가 아무리 자신 있게 말한다고 하더라도 만약의 변수를 고려하지 않을 수는 없다.

그것은 단장으로서 용병단의 용병들을 생각하는 것이기도 했다.

함정은 함정이라는 사실을 인지하지 못했을 때 함정이 되는 법이다. 어떤 곳에 무엇이 있는지를 안다면 문제될 것은 없었다.

나는 한시라도 빨리 블랙 오크들의 깊숙한 면면을 살피고 싶었다.

그것을 나 혼자뿐만이 아니라 함께 온 동료들이 모두 두 눈으로 보고 느낀다면 모두를 설득할 수 있는 부정할 수 없는 증거가 될 것이다.

케플린 공작이 이번 의뢰를 가지고 왔을 때 반가웠던 것은 이 때문이었다.

나 혼자 보고 들은 사실을 이야기해서는 공감보다는 의문을 가지기가 더 쉽기 때문이다.

"레논, 그렇다면 네 말에 반드시 책임을 질 수 있어야 한다. 널 믿고 위험을 감수하는 만큼, 그 믿음에 대한 답을 해야 해. 무슨 말인지 알겠지?"

"예, 명심하겠습니다."

나는 테노스의 말에 망설일 것 없이 고개를 끄덕였다.

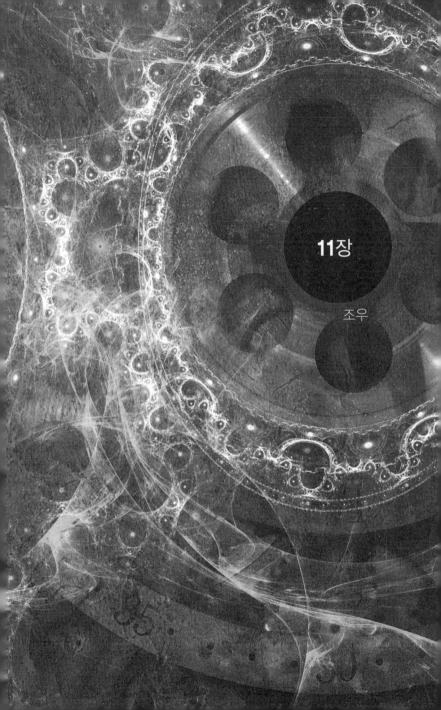

11장

조우

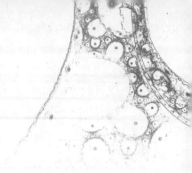

어느덧 깊은 밤이 찾아오고,

테노스와 아론이 가장 먼저 잠이 들었다.

아론은 전날 수행했던 의뢰의 여파가 남아 있는지 가장 먼저 잠이 들었고, 테노스도 저녁 식사가 끝나자마자 필요한 자료들을 계속해서 살피더니 피로가 몰려왔는지 일찍 눕는 모습이었다.

나는 테노스에게서 받아 온 모르고스 산맥의 전도를 살피고 있었다.

전도 안에는 확인된 위험 지역, 미파악 지역, 위치는 특정되었으나 어떤 위험 요소가 있는지는 확인되지 않은 미확인 위험 지역이 적혀 있었다.

"레논은 나이는 어린 편이잖아. 근데 정말 아는 게 많은 것 같아. 단장님도 모르는 모르고스 산맥의 위험 지대에 대해서도 알고 있고… 이야기를 할 때면 나보다 한참은 어른인 것 같은 사람과 이야기를 하는 느낌이 들어. 괜한 생각일까?"

"뭐야, 뒤에 있었던 건가?"

"응."

지도를 골몰히 살피고 있던 나는 갑자기 등 뒤에서 들린 목소리에 놀라 뒤를 돌아보았다.

그러자 아무것도 없는 것 같았던 자리에 크리스티나가 서 있었다.

편하게 잠을 잘 준비를 마친 탓인지 크리스티나의 복장은 매우 가벼웠다.

맨다리가 훤히 드러나는 반바지 차림에 가슴 쪽이 깊게 패인 얇은 면티를 입고 있는 크리스티나의 모습에선 그녀 특유의 육감적인 매력이 느껴졌다.

처음에는 크리스티나의 저런 복장이나 모습이 다른 누군가를 유혹하기 위한 복장이 아닌가 생각했었다.

하지만 시간이 지내면서 룸메이트로서 가까워지고, 많은

이야기를 나누고, 함께 용병단 생활을 하다 보니 저것이 하나의 스타일이라는 것을 알게 됐다.

내가 로브를 즐겨 입고 그날의 컨디션에 맞게 색깔을 바꿔가며 로브의 타입을 바꾸는 것처럼. 크리스티나에게는 그날의 기분에 맞게 복장을 조금은 개방적으로, 혹은 꽉꽉 여미듯 바꿔가는 것이 그녀의 스타일이었다.

"생각을 많이 하다 보니 그런 거겠지?"

"아냐, 그런 게 아냐. 그냥 레논이라는 사람 자체에게서 느껴져. 마치 오랜 시간을 살아온 사람 같은 여유 말이야. 나는 이 대륙의 역사를 아직까지 속속 잘 알지 못하니까 그렇다고 쳐도, 단장님이나 아론 오빠는 이번에 블랙 오크를 본 것만으로도 걱정이 가득한 눈치였어. 블랙 오크가 한 번도 인간들에게 공격적으로 나온 적이 없다면서. 특히 최근 100년만 놓고 보면 말이야. 그렇다고 하지 않았어?"

"그랬지."

"그런데 인간들의 영역에 모습을 드러낸 거잖아. 이거 정말 위험한 일이 벌어질 조짐이고 이미 그게 현실이 되어가는 모양새인데… 레논은 마치 예상이라도 하고 있는 것처럼 행동하잖아? 게다가 죽음의 땅에 대한 정보도 생각보다 많이 알고 있고."

"어쩌다 보니 그렇게 됐지. 필요한 지식을 쓸 일이 생긴 것뿐이야. 다른 것은 없어."

"레논은 침착하게 그림을 하나씩 그려가고 있는 것 같아. 그게 잘못되었다거나 이상하다는 게 아니야. 다만… 레논에게서는 뭔가 특별한 느낌이 든다는 거지. 가끔 레논을 보면 혈기왕성한 청년 용병이라기보다는 오랜 세월의 풍파를 겪은 노련한 용병이란 생각이 들어. 정말 프로페셔널한 용병 말이야."

"칭찬으로 들을게."

"당연히 칭찬이지! 아무튼 그렇다는 이야기야. 그래서 더 믿음직하고 의지가 많이 돼. 한편으론 궁금하기도 하고 말이야."

크리스티나의 매서운 눈빛이 내 눈에 고정됐다. 나 역시 밀리지 않고 차분히 크리스티나의 매섭지만 맑은 두 눈을 응시했다.

한참을 말없이 눈빛만 교환한 나와 크리스티나는 생각보다 긴 시간이 흐르고 나서야 눈빛을 풀고 다시 지도로 시선을 돌렸다.

"어차피 내일 가면서 이야기를 더 하겠지만 내게도 알려 줘. 미리 알고 있으면 더 좋을 것 같아서."

"그럴까? 그럼 이쪽에서 보자."

모르고스 산맥의 수많은 위험 지역들.

그리고 그 지역에 어떤 위험이 있는지 알고 싶어 하는 크리스티나. 나는 침대 위에 전도를 펼치고 라이트 마법으로 환히 지도를 밝혔다.

기억을 되짚는 것은 어려운 일이 아니었다.

"먼저 우리가 직선 루트를 선택한다고 했을 때, 가장 먼저 맞닥뜨리게 될 곳은 바로 늪지대야. 이 늪지대는 늪지임에도 불구하고 지면이 마른땅처럼 보인다는 것도 문제지만 더 큰 문제는 한 번 빠지면 헤어날 수 없다는 거야. 왜냐면 빠지는 순간, 그 안에서 밀려 올라오는 유독성 기체에 바로 정신을 잃어버릴 테니까."

"주변에도 영향이 있는 거야?"

"이 늪지대 주변을 휘감고 도는 산풍(山風)이 있어 영향받는 범위는 한정적이야. 문제는 이 기체는 냄새도 없고 색깔도 없어서 맡았는지 인지도 하기 전에 쓰러진다는 거지."

"빠진 사람을 구하고 싶어도 그 기체 때문에 힘들다는 얘기인데… 그럼 돌아가는 게 낫지 않을까?"

"클린 마법을 걸어두면 일시적이지만 통과하는 동안에는 유독 기체에 노출되지 않을 거야. 그리고 이 늪지대를 통과하는 법은 생각보다 간단해."

"뭔데?"

"달리면 돼."

"그게 답이야?"

"응. 같은 지점을 오랜 시간 밟고 있을 때 활성화가 되는 늪이니까… 달리면 몸이 빠지기 전에 충분히 이동할 수 있어. 물론 클린 마법을 걸어두지 않으면 그 전에 기체에 노출되어 쓰러지겠지만, 안전장치는 내가 마련할 수 있으니까."

"설령 뛰는 게 답이라는 것을 알았더라도 기체에 대응할 방법이 없어 위험지역이었던 거구나."

"이런 식의 함정들이 모르고스 산맥에는 많아. 괜히 이곳이 죽음의 땅이라 불리는 것이 아니지. 스페디스 제국군에서 가지고 있는 정보가 제한적인 것도 그 이유가 있는 거야. 아무리 제국에 충성을 바치는 자들이라 할지라도 순식간에 목숨을 잃을지 모르는 지역을 탐색하는 건 쉬운 일이 아니지. 애매하면 미확인으로 처리할 수밖에 없어. 안 그러면 자기 목숨을 담보로 확인해야 할 테니까."

"그럼 다음은?"

"다음으로 있는 이곳은 말이야. 울창한 숲 지대지. 죽음의 땅이라는 이름과는 맞지 않게 생기가 감도는 곳. 하지만 여기는 자칫 잘못했다가는 안에서 길을 잃게 되는 정말 위

험한 곳이지. 죽기 전까지는 빠져나갈 수조차 없는 그런
곳……."

나는 하나하나 기억을 되짚으며 차례대로 크리스티나에
게 설명을 이어나갔다.

그러면서 자연스럽게 과거의 기억들이 떠올랐다.

과거의 다양했던 삶, 모르고스 산맥에서의 기억들도 많
았다.

지금은 대수롭지 않게 말하는 함정들 위에서 내가 죽은
적도 있었고, 내가 죽고 싶지 않아 동료들을 사지로 내몬
적도 있었다.

물론 지금의 본인들은 전혀 기억하지 못하는 과거의 이
야기들이다.

이번 생에서 처음 만난 크리스티나를 제외한다면 용병단
의 동료들은 한두 번씩은 모르고스 산맥에서 죽었다.

그때의 경험, 기억들이 자양분이 되어 이제는 실패하지
않을 밑거름이 되었지만, 그때의 상실감과 허탈함은 여전
히 기억 속에 남아 있다.

내가 100번째의 새로운 삶을 시작했을 때 다짐했던 것은
반드시 성공하겠다는 것, 그리고 내 목적을 위해 때때로 도
구처럼 '희생' 당했던 동료들을 쉽게 잃지 않겠다는 것이었
다.

비록 그것이 지금 당사자들은 모르는 일이라고 할지라도.

내 마지막 삶의 끝을 언젠가 맺게 되었을 때. 후회하고 안타까워할 만한 일을 만들고 싶지는 않았다.

완벽한 성공, 그리고 실패 하나 없이 마무리된 삶. 그런 삶을 만들고 싶었다. 그래야 마지막 환생을 두고 나를 조롱하듯 뒷모습을 지켜보았던 그에게 시원한 한 방을 먹여줄 수 있지 않을까.

밤이 깊어가도록 나와 크리스티나의 대화는 계속됐다.

그녀는 끊임없이 이어지는 함정들에 대한 설명을 하나도 남김없이 꼼꼼히 들었고, 이해가지 않는 것이 있을 때면 주저하지 않고 물었다.

내일 날이 밝으면 모르고스 산맥에 들어가게 될 것이고, 내가 선두에서 만약의 변수를 대비하게 될 터. 그러는 동안 뒤에서 테노스와 아론과 함께 이동할 그녀가 내가 미처 신경 쓰지 못하는 부분들을 메꿔줄 것이다.

"지나가는 비라고 하기에는 너무 거센데. 아직 장마가 오기에는 이른 시기인데 벌써 남부 지방에 장마가 시작된 건가… 이건 예상 밖이로군."

"비가 그치기를 기다렸다가는 여기서 산맥 초입만 구경하다가 돌아갈 것 같은 느낌입니다. 피차 이런 굵은 비가 내리면 우리만큼이나 오크들도 시야가 좁아지기 마련입니다. 인간 특유의 냄새도 씻겨지기 마련이구요. 나쁠 것 없으니 이동하는 게 좋을 것 같습니다, 단장님."

"내 생각도 그렇다. 단지 날씨가 워낙 좋지 않다 보니 한이야기지. 예정대로 이동한다. 지켜본 것은 하루면 족하다. 이젠 부지런히 둘러볼 필요가 있어. 레논, 그럼 부탁한다."

"예, 걱정하지 마십시오."

*　　　*　　　*

다음 날 새벽.

날이 밝아오기 시작하자마자 우리는 예정대로 여관을 출발했다. 클린 마법을 걸어둔 덕분에 창고에 널브러져 있는 오크 세 마리의 시체들은 여전히 원상태를 유지하고 있었다.

화르르륵!

나는 마나 번을 이용해 오크들의 시체를 태웠다. 이 불길은 마나가 사라지는 즉시 함께 사라질 터. 적당한 양의 마나를 뿌려두었으니, 충분히 흔적을 지울 만큼 태운 뒤 알아서 불길이 사그라질 터였다.

"후, 여러 가지로 재밌는 의뢰가 되겠군."

테노스가 전방의 시야를 가득 메우고, 그 위용을 과시하고 있는 모르고스 산맥을 보며 말했다.

끝없이 펼쳐져 있는 모르고스 산맥.

태고의 모습을 그대로 간직한 채 마른 절벽들이 깎이고 떨어져 나가 마치 거대한 용의 입과 같은 형상을 하고 있는 모르고스 산맥의 초입은 언뜻 보기에도 위압감을 느끼기에 충분했다.

"가시죠!"

나는 힘찬 목소리로 동료들을 독려하며 앞으로 발걸음을 옮겼다.

이제부터 시작이었다.

*   *   *

이동 속도를 높인 우리는 모르고스 산맥의 초입을 지나, 빠르게 산맥 안으로 들어섰다.

계속해서 내린 비로 지면은 미끄러웠다.

특히 몇몇 지대는 간밤에 내린 비로 인한 산사태 때문인지, 흘러내려온 바위와 흙들이 어지럽게 길목을 막고 있었다.

장대비는 더욱 굵어졌다.

때때로 굵은 비가 사나흘을 내리는 경우는 스페디스 제국 남부, 모르고스 산맥 일대에서는 흔한 일이었기 때문에 아직까지는 우기라고 속단할 수는 없었다.

하지만 이번 탐색이 반환점을 찍을 때까지 이 비가 멈추지 않는다면, 굳이 우기이고 아니고를 떠나서 엄청난 양의 빗물이 쌓이게 될 터.

과거의 기억대로 블랙 오크들이 물길을 막아 활용한다면 제국 남부가 물바다가 되는 것은 순식간이었다. 그래서 나는 이동 속도를 더욱 높이기로 했다.

모르고스 산맥에서 시작되는 물의 지류들은 산맥의 중심으로 이동해야 확인할 수 있기 때문이다. 물론 그만큼 오크들과 조우할 가능성도 더욱 커진다.

우회 경로 없이 직선 루트로 계속해서 이동한 우리는 어제 크리스티나와 내가 가장 먼저 이야기를 나누었던 늪지대에 도착했다.

테노스와 아론도 이 늪지대의 존재는 알고 있었다. 다만 처음 경험해 보는 곳이다 보니 상당히 긴장을 하는 눈치였다.

당연한 반응이었다. 한 번의 실수가 죽음과도 직결되는 곳이니까.

늪지대 근처에 쌓여 있는 정체불명의 뼈들과 늪지대 구석에서 어렴풋이 보이는 뼛조각들은 이곳이 만만치 않은 곳임을 짐작케했다.

"우선은 충분한 양의 마나로 보호를 하도록 하겠습니다."

나는 나를 포함한 네 사람에게 차례대로 클린 마법을 시전했다.

클린 마법은 즉각적인 정화의 효과도 있지만, 충분한 양의 마나가 있을 경우에는 계속 피시전 대상의 몸에 머물며 지속적인 정화 작업을 한다.

지금 우리에게 필요한 것은 지속적인 정화 능력이었고, 나는 시간 차를 두어 모두에게 클린을 걸어 두었다. 유효 시간은 약 2분에서 3분 정도.

늪지대를 전력으로 질주한다면 15초에서 20초면 충분히 지나갈 수 있기 때문에 무리 없는 시간이었다.

"여기서부터는 길이 완전히 갈리는 만큼 다른 방법은 없겠지. 모르고스 산맥은 정말 불길한 느낌이 가득한 곳이야. 제길."

아론이 입술을 질끈 깨물었다.

상당한 보수를 받은 의뢰이니 만큼 수행은 하지만 그간

수행해 왔던 의뢰들에 비하면 매우 위험한 의뢰임은 사실이었다.

차라리 전장에서 검을 주고받는 것이 더 낫다고 여길 법도 하다.

"이 정도 느낌으로 오시면 됩니다. 제가 먼저 가겠습니다."

파파팟!

말이 끝나자마자 나는 미련 없이 정면으로 질주하기 시작했다.

사람 셋 정도가 겨우 지나갈 만한 통로를 질주하기 시작하자 원형의 늪지대가 모습을 드러낸다.

언뜻 보기에는 마른땅처럼 보이는 지면.

비가 내려 촉촉해지긴 했어도 아무리 자세히 봐도 그저 무난히 지나갈 수 있을 것 같이 보이는 지면이다.

푸욱!

하지만 내가 첫 발을 내딛는 순간, 물컹거리는 느낌이 그대로 발끝을 타고 올라왔다. 여기서 멈추는 순간 끝없는 휘말림이 시작된다.

나는 발밑의 느낌에 관심조차 두지 않고 이동하던 속도 그대로 계속해서 달렸다.

물컹거림이 여전히 느껴진다. 하지만 이 느낌에 집중하

고 정신이 팔리는 순간 늪지대의 악몽에 빠지게 되고 마는 것이다.

"……."

스치듯 지나가는 늪지대 여기저기로 이미 삭을 대로 삭아버린 사람, 오크, 짐승들의 뼈가 보였다.

나는 묵묵히, 마음의 동요 없이 순식간에 늪지대를 돌파했다.

그 후 뒤를 돌아보았을 때, 어느새 나는 늪지대를 지나 안전지대에 도착해 있었다.

그리고 크리스티나가 뒤를 따라 늪지대 위를 달리기 시작했다.

"와우!"

내 쪽으로 달려오는 크리스티나의 모습은 처음에는 긴장한 듯 보이다가 이내 상황을 즐기는 듯 탄성을 내지르는 모습이었다.

"얼른 와요!"

단숨에 내 옆으로 넘어온 크리스티나가 테노스와 아론에게도 손짓했다.

앞서 달려 나간 나와 크리스티나가 별문제 없이 넘어간 것에 약간의 망설임도 사라졌는지 이내 두 사람도 빠르게 늪지대 위를 달리기 시작했다.

예상대로 걱정할 것 없이 상황은 빠르게 종료됐다.

우리는 어렵지 않게 늪지대를 넘을 수 있었다.

"우리가 생각하는 상식적인 늪지대와는 좀 다른 느낌이
야."

푸욱!

반대편으로 넘어온 아론이 마침 옆에 있던 무거운 돌 하
나를 늪지대 위로 툭 던졌다.

그러자 지면에 박힌 돌이 잠시 제자리에 그대로 있는가
싶더니 이내 물렁해지는 늪지대 안으로 빠르게 빨려들어
갔다.

그 위로는 보이지는 않지만 일렁임이 느껴졌다. 독성 기
체가 솟아오르는 모습이었다.

"이쪽 길을 선택하면 돌아가는 길보다 하루는 단축됩니
다. 이제부터는 우회 루트와는 전혀 다른 환경이 펼쳐질 겁
니다."

나는 차분하게 정면을 가리키며 동료들에게 말을 이어나
갔다.

양옆으로는 깎아지른 듯한 절벽이 높게 솟아 있었다. 이
것이 모르고스 산맥 초입에서 우회 루트와 정면 루트로 길
이 갈리게 되는 결정적인 이유였다.

태고의 모습을 그대로 간직한 모르고스 산맥은 지층과 지층의 충돌로 솟아오른 산맥이었는데, 그 과정에서 기형적인 형성이 이루어져 산맥 안에서도 구역이 나뉘어져 있었다.

우리가 선택한 길은 정면 루트로 B루트라고 명명된 곳이었고 우회 루트는 A와 C루트로 돌아가는 길이었다.

중간에서 칸막이 역할을 하는 절벽이 꽤 긴 거리를 이어지기 때문에 여기서 다른 루트를 선택하려면 왔던 길을 돌아가거나 하는 식으로 해야 했다.

"계속 이동한다. 블랙 오크들의 흔적을 찾을 때까지."

우리는 계속해서 이동했다.

날은 여전히 짓궂었고 굵은 빗줄기는 사그라질 줄을 몰랐다.

*　　　*　　　*

모르고스 산맥의 중심지로 이동하면서 우리는 생각보다 많은 유골을 발견할 수 있었다.

대부분이 사람의 것이었는데, 주변에 널브러져 있는 도구들을 봐서는 모르고스 산맥을 들어왔던 약초꾼의 시체들 같았다.

약초꾼들이 이 안으로도 들어올 수 있었던 것은 함정의 비밀을 알고 있기 때문이기도 하지만 적어도 여기까지는 안전지대라고 생각했기 때문일 터.

이미 백골이 되어버린 시체들이었지만, 그 시체에는 죽기 직전에 누군가가 남긴 흔적들이 그대로 있었다.

머리뼈에 깊게 패여 있거나 혹은 금이 가버린 자국이라든가 몸에서 분리되어 떨어져 나온 신체 일부의 뼈마디 등등…….

이것들은 블랙 오크들이 즐겨 쓰는 도끼에 찍혀 죽은 흔적이었다.

즉, 언제부터인가 블랙 오크들은 산맥의 초입까지 나왔다가 들어가기를 반복했다는 것이다.

안으로 들어갈수록 점점 짙게 느껴지는 블랙 오크들이 흔적에 일행의 대화도 점점 줄어들었다.

빗줄기는 오히려 더욱 굵어졌고, 나를 포함한 네 사람은 거의 물에 빠진 생쥐 꼴이 되어 이동하고 있었다.

함정 지대를 돌파하는 것은 어렵지 않았다.

처음 몇 차례는 긴장을 하던 동료들도 계속 내가 앞길을 먼저 트고, 다시 한 번 위험 요소에 대해 짚어주니 더 이상은 긴장을 하지 않는 모습이었다.

군데군데에서 블랙 오크들이 머물다간 흔적, 혹은 시체

들이 발견되기는 했지만 아직까지 블랙 오크들은 볼 수 없었다.

워낙에 방대한 규모를 가진 산맥이다 보니 그럴 수도 있겠다 싶었지만, 심심찮게 접경지대에 모습을 드러내던 블랙 오크들을 생각하면 뭔가 이상했다.

이동은 계속됐다.

새벽부터 시작해서 저녁까지 계속된 강행군이었다.

빗속을 이동해야 하는 탓에 체력 소모가 극심했고, 덕분에 저녁이 되었을 무렵에는 모두가 체력 고갈에 녹다운이 된 상태였다.

마침 비바람을 피할 동굴 하나를 발견한 우리는 그곳에 자리를 잡고 휴식을 취했다.

클린 마법을 이용해 하루 종일 빗물에 젖어 축축해진 옷을 말리고 입구 주변에 불을 피워두자 동굴 안의 습기가 빠르게 사라졌다.

"레논이 없었으면 축축한 몸으로 자고 일어나서 냄새 가득한 상태로 이동해야 했겠군. 그것도 몇 날 며칠을 말이야."

"레논이 없으면 안 됩니다."

"마법이 괜히 위대한 게 아니에요."

테노스와 아론, 크리스티나는 새삼 마법의 존재에 대한 칭찬을 늘어놓았다. 클린 마법은 용도에 따라 전투에 유용하게 쓰이기도 하고 생활 마법으로서 효과를 발휘하기도 한다.

지금처럼 옷을 말리는 데에도 쓰이곤 하는데, 덕분에 모두의 옷은 뽀송뽀송하게 말라 있었다.

하루 종일 이동하는 과정에서 피로가 누적된 탓인지 모두가 순식간에 잠이 들었다.

그래도 부지런히 이동한 덕분에 모르고스 산맥 깊숙이 들어와 있는 상태.

이제부터는 얼마나 다양한 위치를 탐색하면서 오크들의 흔적을 찾느냐에 달려 있었다.

마음 같아서는 장거리 텔레포트를 이용해 중요 포인트가 될 만한 부분들을 탐색하고 싶지만 모르고스 산맥 전체에 서려있는 요기(妖氣)는 텔레포트로 이동할 지점을 특정할 수 없게 만들었다.

이동할 지점이 안전한 곳인지 아닌지를 파악할 수 있어야 하는데, 산이 가진 기운에 밀려 왜곡이 일어나는 것이다.

이럴 경우 안전하다고 여겨 텔레포트를 했는데, 낭떠러지 위이거나 아예 나무나 바위 따위의 중간으로 이동되어 몸이 끼어버릴 수도 있었다.

그러면 즉사인 것이다.

나는 좀 더 산맥을 꼼꼼하게 둘러보고 싶었다.

헤이스트와 블링크 정도면 충분했다.

체력의 소모가 있긴 했지만, 자체적으로 힐을 시전하니 조금은 더 버틸 체력이 됐다.

동료들이 곤한 잠에 빠진 것을 다시 한 번 확인하고.

나는 동굴 밖으로 이동했다.

어쩌면 예상한 것보다 그리 멀지 않은 곳에 블랙 오크들이 있을지도 모른다.

*   *   *

─이왕 모르고스 산맥까지 왔고 여기가 블랙 오크들의 터전이라면… 차라리 이참에 조각 하나를 더 찾아가는 것도 낫지 않을까 싶은데.

"그 생각을 안 했던 건 아냐."

헤이스트를 이용해 빠른 속도로 빗줄기를 가르며 이동하는 동안 아이거가 내게 말을 걸어왔다.

아이거는 다른 사람들이 있어도 충분히 사념을 이용해 나와 대화를 나눌 수 있음에도 주변에 다른 누군가가 있으면 말을 걸지 않았다. 이때는 내가 말을 걸어도 답을 잘 하지 않았다.

나와 육성으로 대화를 하는 것처럼 느껴져서인지, 혹은 나와 단둘이 있을 때만 대화를 하고 싶은지는 알 수 없었다.

다만 주변의 시선으로부터 완벽하게 자유로워졌을 때면 아이거는 먼저 말을 걸었다.

부득이한 경우가 아니면 평상시에는 말을 잘 걸지 않는 것이다.

―지난번 자르가드와 비교하면 위험 요소가 많은 건 사실이니까.

"위험 요소가 많은 게 아니라 여기서 잘못 자극을 하게 되면 바로 전쟁이 날 수도 있어. 게다가 분명 오크 로드가 그 조각을 가지고 있을 텐데… 이번만큼은 호랑이 굴에 들어가는 것과 다를 게 없지. 블랙 오크들의 뒤를 봐주는 건 다른 존재가 아닌 드래곤이니까."

―아쉽군. 오크에게서 하나, 드래곤에게서 하나를 취하면 조각이 완성되는 것인데.

"아쉬워도 때는 가려야지. 게우게스는 탁월한 지휘 능력을 가진 놈이야. 드래곤이 그것을 모를 리 없고, 그 녀석을 지켜줄 수 있는 안배를 해놓지 않았을 리 없지. 게다가 그

곁을 지키고 있을 오크 메이지들도 까다롭고."

오크 메이지들은 인간 마법사들과는 달리 클래스의 개념이 존재하지 않는다. 즉, 그들에게 특화된 마법을 얼마든지 마음대로 사용할 수 있었다.

물론 전제조건으로 마법을 시전할 수 있는 힘의 근원이 풍부할 경우를 가정해야 했다. 오크 메이지들은 마나가 힘의 근원이 아니었기 때문이다.

그들은 살아 있거나 혹은 갓 죽은 시체들로부터 생기를 흡수한 뒤 이를 바탕으로 마법을 사용했다.

마나석이 마나를 흡수하듯 생기를 흡수해 주는 장치가 존재했는데, 그것이 오크 메이지의 심장부에 꽂혀 있는 구조였다.

그래서 축적된 생기가 많으면 많을수록 더 파괴적인 마법을 쓸 수 있었고 이것이 고갈되면 새로이 충전하기 전까지는 빈 껍질이나 다름없게 되는 셈이다.

오크 로드 게우게스의 곁을 지키고 있을 오크 메이지들은 오랜 기간 힘을 축적해 온 존재들이다. 블랙 오크들이 모습을 드러냈을 때도 전사만 나타났을 뿐 메이지는 한 번도 나타난 적이 없었다.

"6클래스로는 아직 힘든가?"

"싸워볼 만은 하겠지. 살아서 나갈 것을 장담할 수가 없을 뿐. 살아 나가기 위해서는 적어도 한 클래스의 상승이 필요해. 이왕이면 카터가 조기에 만드라고라를 찾아주면 좋겠는데……."

예전의 기억을 되짚어 보니 카터가 캐왔던 만드라고라 생각이 난다.

마법적인 상승이 다소 더뎌질 즈음, 터닝 포인트가 되었던 계기.

다른 일들도 예상보다 이른 시기에 이루어졌다면 카터의 일도 비슷하지 않을까 싶었다.

다만 이것은 내가 직접 카터에게 가서 만드라고라를 캐오라고 요구를 하거나 지시를 해서는 안 되었다.

그 순간, 과거의 흐름과는 다른 미래가 펼쳐질지도 모른다.

"……?"

바로 그때.

헤이스트로 계속해서 이동하던 내게 순간 느껴지는 기척이 있었다.

나는 바로 움직임을 멈추고 빗줄기가 모여 폭포수처럼 쏟아지고 있는 바위들 사이로 모습을 숨겼다.

조금만 반응이 늦었더라면 기척의 정체와 마주쳤을 수도 있을 거리였다.

"지긋지긋한 정탐이로군… 앞뒤 잴 것 없이 싸우면 될 것을… 그러면 인육도 실컷 먹을 수 있을 텐데……."

그리고 들려오는 목소리.

그것은 바로 블랙 오크의 목소리였다.

『환생 마법사』 4권에 계속…

즐거운 인생

미더라 장편 소설

FUSION FANTASTIC STORY

A Bittersweet Life

삶의 의욕을 모두 잃은 주혁.
어느 날 녹이 슨 금속 상자를 얻는데……

"분명 어제도 3월 6일이었는데?"

동전을 넣고 당기면 나온 숫자만큼 하루가 반복된다!

포기했던 배우의 꿈을 향해 다시금 시작된 발돋움.
눈앞에 펼쳐진 새로운 미래.

과연 그는 목표를 이루고
인생을 바꿀 수 있을 것인가!

Book Publishing CHUNGEORAM

이모탈 퓨전 판타지 소설
FUSION FANTASTIC STORY

워리어

Warrior

최강의 병기 메카닉 솔져,
판타지 세계로 떨어지다!

서기 2051년.
세계 최초의 메카닉 솔져 이산은
새로운 세계에 발을 딛게 된다.

"나는… 변한 건가?"

차가운 기계에서 따뜻한 피가 흐르는 인간으로!
카이론의 이름으로 새롭게 시작하는
진정한 전사의 일대기!

네르가시아 장편 소설
FUSION FANTASTIC STORY

THE MODERN
MAGICAL
SCHOLAR

현대
마도학자

나르서스 제국의 전쟁영웅이자
마나코어를 개발한 천재 마도학자 카미엘!

그러나 제국의 부흥을 위한 재물이 되어
숙청당하는데……

『현대 마도학자』

죽음 끝에 주어진 또 다른 삶.
그러나 그에게 남겨진 것은 작은 고물상이 전부였다.

더 이상의 밑은 없다!
마도학자의 현대 성공기가 시작된다!

Book Publishing CHUNGEORAM

유행이 아닌 자유추구
WWW.chungeoram.com

데일리 히어로

FUSION FANTASTIC STORY

인기영 장편 소설

지금까지 이런 영웅은 없었다!

『데일리 히어로』

꿈과 이상을 가진 평.범.한. 고딩 유지웅.
하지만……
현실은 '빵 셔틀' 일 뿐.

그러던 어느 날, 유지웅의 앞에 나타난 고양이.
그(?)로 인해 모든 것이 바뀌었다.

선행! 선행! 그리고 또 선행!

데일리 히어로 유지웅의 선행 쌓기 프로젝트!

Book Publishing CHUNGEORAM

유행이 아닌 자유추구
WWW.chungeoram.com

강준현 장편 소설

FUSION FANTASTIC STORY

개척자

Pioneer

『복수의 길』의 강준현 작가가 선보이는
2015년 특급 신작!

글로벌 기업의 총수, 준영.
갑자기 찾아온 몽유병과 알 수 없는 상황들.

"…누구냐, 넌?"
혼돈 속에서 순식간에 바뀐 그의 모든 일상.
조각 같던 몸도, 엄청난 돈도, 뛰어난 머리도 모두, 사라졌다!

스스로도 알 수 없는 낯선 대한민국의 밑바닥부터
다시 시작해야 하는 준영.

"젠장! 그래, 이렇게 산다!
대신 나중에 바꾸자고 하면 절대 안 바꿔!"

그는 과연 이 상황을 극복하고 자신의 운명을
새롭게 개척해 나갈 수 있을 것인가!

Book Publishing CHUNGEORAM

유행이 아닌 자유추구 -
www.chungeoram.com

야차전기

임영기 新무협 판타지 소설

FANTASTIC ORIENTAL HEROES

『무정도』, 『등룡기』의 작가 임영기.
2015년 봄, 야차가 강림한다!

"오 년 후에 백학무숙을 마치게 되면
누나를 찾아오너라."
가문의 멸망.
복수만을 꿈꾸며 하나뿐인 혈육과 헤어졌다.
하지만 금의환향의 길에 벌어진 엇갈림…

모든 것이 무너진 사내 화용군!
재처럼 타버린 위에
삼면육비(三面六臂)의 야차가 되어 살아났다!

악이여, 목을 씻고 기다려라!

우각 新무협 판타지 소설

FANTASTIC ORIENTAL HEROES

북검전기

2014년의 대미를 장식할,
작가 우각의 신작!

『십전제』, 『환영무인』, 『파멸왕』…
그리고,

『북검전기』

무협, 그 극한의 재미를 돌파했다.

북천문의 마지막 후예, 진무원.
무너진 하늘 아래 홀로 서고, 거친 바람 아래 몸을 숙였다.

살기 위해! 철저히 자신을 숨기고
약하기에! 잃을 수밖에 없었다.

심장이 두근거리는 강렬한 무(武)!
그 걷잡을 수 없는 마력이,
북검의 손 아래 펼쳐진다!

Book Publishing CHUNGEORAM

유행이 아닌 자유추구 -
WWW.chungeoram.com